Maksim Gor'kij

La città del Diavolo Giallo

Introduzione di Vittorio Strada

liberilibri

Titolo originale
ГОРОД ЖЕЛТОГО ДЬЯВОЛА

Traduzione di Giuseppe Cosimo Tria

ISBN 88-85140-32-7

Indice

Introduzione

Quando mi fu proposto di scrivere una presentazione del pamphlet di Maksim Gor'kij *La città del Diavolo Giallo*, presentazione che ora il lettore principia a leggere prima di accingersi alla lettura del pamphlet stesso, fui preso da una certa perplessità. Mi domandai che senso d'attualità potesse avere questo testo gorkiano, dettato da un antiamericanismo ideologico ancor più che da un risentimento personale, in un momento in cui l'ideologia rivoluzionaria dell'autore de *La madre* è uscita a pezzi da un'esperienza storica catastroficamente conclusa e sfociata in una "restaurazione" capitalistica nella patria dello scrittore proletario. E nel momento in cui la figura stessa di Gor'kij, insieme alla sua opera, come conseguenza della fine di un'epoca che aveva fatto di lui il classico del "realismo socialista", è sottoposta a un processo sia di oblio che di rifiuto nella nuova Russia postcomunista, mentre nel resto del mondo è uno scrittore che, nonostante il notevole rilievo nella storia della letteratura del nostro secolo, suscita più che altro indifferenza.

Mi scuserà il lettore per questo avvio scoraggiante che però correggo subito, dicendo che la mia perplessità svanì presto, rileggendo il testo in questione di Gor'kij e altri suoi dello stesso periodo, cioè successivo alla rivoluzione del 1905, scritti negli anni di esilio (1906-1913): *La città del Diavolo Giallo*, infatti, è il frutto del primo viaggio all'estero fatto dallo scrittore, viaggio, come vedremo, scandaloso e sfortunato. La rilettura di quelle lontane pagine ha il fascino di una sòrta di kitsch ideologico, di ripresa di contatto con uno spirito, ancor oggi vivo sia pure sotto altre forme, di insofferenza e incomprensione di fronte a una realtà sociale complessa, che richiede adeguati strumenti intellettuali per essere criticamente intesa e valutata, spirito animato, d'altra parte, positivamente da una fede chimerica in una controrealtà o irrealtà pseudoreligiosa di armonia e perfezione. Il kitsch ideologico di Gor'kij, di questa come di tante altre sue opere antesignane del "realismo socialista", acquista, quindi, una sua attualità paradossale, non solo in quanto riesumazione di un passato che non passa e sopravvive, come s'è ora detto, sotto altre vesti, ma di un passato remoto che è stato la premessa di un passato prossimo: si potrebbe scrivere un saggio su Gor'kij dal titolo ad effetto. *Dalla città del Diavolo Giallo alla città del Diavolo Rosso*, dato che Gor'kij, fiero nemico del diavolo color oro, passò poi al servizio di un diavolo color sangue che, in odio al primo diavolo, gli parve invece un angelo o un dio (mi riferisco, evidentemente, al servizio prestato dallo scrittore a Stalin, servizio che, secondo una versione, terminò con l'eliminazione fisica di Gor'kij per ordine del Padrone, mentre, secondo un'altra versione, più convincente, Gor'kij morì di morte naturale, accorgendosi troppo tardi dell'abbaglio preso scambiando un diavolo rosso per un angelo radioso).

La conclusione di questo preambolo è che vale la pena di leggere Maksim Gor'kij nelle sue opere migliori, come certi racconti e romanzi, e anche nelle sue opere più segnate dal tempo, reperti di un'età che fu e che ha dato vita al presente, anche a quel presente della Russia d'oggi che, paradossalmente, è dominata da una versione locale postcomunista del diavolo giallo. In generale sono la figura e l'opera di Maksim Gor'kij che meritano di essere rilette e ripensate nella loro globalità, in modo critico e nuovo, naturalmente, rispetto alle banali esaltazioni di cui esse furono oggetto durante il dominio comunista: Gor'kij, infatti, è e resta un intero capitolo della vita russa ed europea, letteraria e politica, del nostro secolo; e una snobistica o anche semplicemente polemica noncuranza nei suoi riguardi impedirebbe di capire e, più ancora, sentire la drammatica complessità di un'epoca che ora in parte si è chiusa, in parte volge al tramonto e dalla quale non solo la Russia resterà a lungo condizionata.

La città del Diavolo Giallo, si è detto, è il frutto del viaggio che Gor'kij fece all'estero, in America, prima di spostarsi poi in Europa occidentale (e, in particolare, a Capri), viaggio che non fu di diporto, bensì dettato da precise circostanze e considerazioni politiche. Nella Russia sconvolta da una disfatta militare (quella della guerra col Giappone del 1904-1905) e da una rivoluzione sconfitta ma non fallita, se si pensa che fu il primo passo verso quelle trasformazioni democratiche che più tardi il colpo di stato bolscevico dell'ottobre 1917 doveva bloccare per lunghi decenni, fino al 1991, in questa Russia torbida, ma vitale, Maksim Gor'kij impersonava nella sua figura e nella sua opera lo spirito rivoluzionario, profondamente legato a quella parte della socialdemocrazia russa che aveva il nome di bolscevismo e che era guidata da Vladimir Il'ič Ul'janov detto Lenin. Per il partito bolscevico Gor'kij significava molto sia per il suo prestigio mondiale sia per il ruolo da mediatore da lui autorevolmente svolto ai fini del finanziamento di questo partito da parte di ricchi sponsor, come li si chiamerebbe oggi. Per cui quando Gor'kij, a causa dei suoi vigorosi interventi antigovernativi durante i moti rivoluzionari del 1905, venne arrestato, uno di questi sponsor, suo estimatore e amico personale, l'industriale Savva Morozov, ben noto mecenate, versò subito la forte somma richiesta per il rilascio come cauzione. Non mancò neppure, naturalmente, una forte campagna internazionale in difesa dello scrittore, con una sdegnata lettera di intellettuali occidentali al governo zarista per il suo rilascio. Rilascio che fu concesso e permise a Gor'kij di fuggire dalla Russia, iniziando quel periodo d'esilio che, come s'è detto, doveva durare fino all'inizio del 1913, quando un'amnistia promulgata dallo zar per il trecentesimo anniversario della dinastia dei Romanov, permise anche a lui di fare il ritorno in patria.

Perché Gor'kij effettuò subito un viaggio negli Stati Uniti d'America? Chi aveva organizzato quel viaggio, e chi lo faceva con lui? La risposta è data dal suo accompagnatore e, in quell'occasione, segretario personale Nikolaj Burenin che, attivo partecipante della rivoluzione del 1905, era membro del Gruppo tecnico di combattimento del Comitato Centrale del partito socialdemocratico russo e, per incarico dei bolscevichi, doveva svolgere la parte di suo aiutante in un viaggio che, come egli dice nelle sue memorie, era fatto «per iniziativa di Vladimir Il'ič Lenin». Il viaggio era dunque una sòrta di missione affidata a uno scrittore, il cui prestigio era grande nel mondo e che avrebbe potuto rappresentare come nessun altro la Russia rivoluzionaria, soprattutto nella parte più estrema, quella di Lenin, al quale, come si sa, Gor'kij era legato da vincoli di affinità politica, oltre che di stima e amicizia personale. Gor'kij in America avrebbe potuto raccogliere, oltre la simpatia, quell'appoggio finanziario di cui i bolscevichi avevano gran bisogno. Ma a rovinare le cose congiurarono tre elementi: una donna russa, la polizia zarista e il puritanesimo americano.

La donna era un'attrice di grande talento, Maria Andreeva, che viveva con Gor'kij *more uxorio*, pur essendo lo scrittore legato da un vincolo matrimoniale con una legittima consorte. Fatto, questo, che non scandalizzava la Russia, né avrebbe scandalizzato l'Europa, ma che urtava la *pruderie* statunitense, tanto più che Gor'kij questa sua situazione familiare l'aveva tenuta nascosta, presentando Maria Andreeva come sua moglie. E tanto più, soprattutto, che di questa circostanza, ben conoscendo la rigidità dei costumi americani del tempo (oggi quell'America sembra un altro paese), si servì la polizia politica zarista, che ovviamente non vedeva di buon occhio la *tournée* bolscevica dello scrittore proletario, per fare scoppiare lo scandalo. Di punto in bianco Maksim Gor'kij, che era stato accolto dalla stampa e dall'opinione pubblica americana con un calore travolgente, si vide non solo abbandonato dalla simpatia, ma messo addirittura alla porta, con la sua "amante" e col suo segretario, dall'albergo che egli occupava all'angolo di Broadway e della Settantasettesima strada. Un altro albergo, più modesto ma dignitoso, che con solerzia bolscevica il segretario Burenin trovò per la coppia e per sé, quando venne risaputo quali "peccatori" ospitava, sloggiò in malo modo quei Russi per non alienarsi la rispettabile clientela. Inutile ripercorrere la cronaca delle disavventure di Gor'kij a New York, disavventure che si conclusero se non felicemente, certo non del tutto infelicemente quando un'agiata signora americana, mossa da amichevoli sentimenti verso Gor'kij e aliena da certi pregiudizi, ospitò per sei mesi lo scrittore, il segretario e l'attrice nella sua bella casa, creando allo scrittore, come scrive Burenin, «tutte le condizioni per lavorare». Del che Gor'kij si valse per iniziare a scrivere *La madre*, il suo romanzo rivoluzionario più celebre (e uno dei peggiori di tutta la sua opera), molto lodato poi da Lenin e assurto al rango di "classico" nella letteratura sovietica del "realismo socialista".

Paese che vai, usanze che trovi. Ecco un proverbio forse troppo conservatore che il rivoluzionario Gor'kij dimenticò in un viaggio che, come s'è detto, non era di piacere, ma aveva uno scopo pratico ben preciso, e il cui fallimento, quindi, doveva essere evitato. Per di più lo scrittore ebbe l'imprudenza, o l'ardire, di solidarizzare apertamente con i minatori americani allora in sciopero, cosa che non gli poteva guadagnare le simpatie di quei ceti alla cui generosità egli doveva fare appello per trovare appoggio, morale e soprattutto materiale, per i bolscevichi. Mark Twain, che aveva accolto Gor'kij con simpatia, poi commentò il comportamento del collega russo dicendo che non si poteva prendere a pesci in faccia il pubblico cui si tendeva la mano per un obolo: «La cosa, più che ridicola, è pietosa.» Altri, meno ironici di Mark Twain, imprecarono contro i biechi capitalisti yankee che, invece di aiutare i loro "affossatori" rivoluzionari, facevano gli schizzinosi di fronte al libero comportamento dello scrittore proletario.

È un po' quello che fece lo stesso Gor'kij nella sua fiera denuncia della città di Mammona, dedita al culto del denaro, indifferente alle miserie dei diseredati, insensibile ai valori dello spirito. Certo, sarebbe sbagliato interpretare la filippica antiamericana di Gor'kij come espressione di un risentimento personale per le disavventure sopra descritte: questo è soltanto un elemento e neppure il più importante. Alla base c'era, naturalmente, lo spirito anticapitalistico, che a Gor'kij non aveva impedito di tratteggiare in alcuni romanzi la vitalità del giovane capitalismo russo, ma che, su un piano ideologico generale, costituiva la premessa di quell'utopia socialista universale che in Gor'kij acquistava la forma specifica della "costruzione di dio", cioè di una "religione" secolare fondata sulla solidarietà di un'umanità unificata. E c'era anche quell'atteggiamento "antioccidentale" che si trova in tanti pensatori e scrittori russi, atteggiamento che però, va detto, in Gor'kij non andava disgiunto da una spietata e persino ingiusta critica dei Russi e della Russia, in particolare del mondo contadino, che per lo scrittore proletario era la quintessenza di una passività "asiatica" e di una crudeltà "orientale" in opposizione al dinamismo della civiltà occidentale.

Come può intuire il lettore già da questi pochi accenni, l'ideologia gorkiana era assai complessa e contraddittoria, anche se cementata da una sua logica che per il ricercatore è affascinante ricostruire in tutti gli zig zag del pensiero dello scrittore. Basti pensare, per fare l'esempio più clamoroso, alla fortissima critica che, subito dopo l'ascesa dei suoi amici bolscevichi al potere nel 1917, egli oppose allo stesso Lenin, oltre che a Trockij, da lui considerati come degli irresponsabili avventurieri che, con la loro avventata brama di dominio, avrebbero portato la Russia alla rovina. Ma poi, una decina d'anni più tardi, Gor'kij aderirà alla politica di Stalin, facendone proprie le posizioni più dogmatiche e dure, quasi Stalin non fosse il coerente continuatore di Lenin (e, in un certo senso, persino di Trockij) e non fosse lui, al di là dei "successi" celebrati anche da Gor'kij, a preparare la rovina del paese e dell'intero sistema.

Eppure in Gor'kij, come in ogni altro autentico pensiero, tutto si lega e, sotto gli zig zag, una linea unisce posizioni in apparenza contraddittorie. Ma qui dovrebbe iniziare uno studio globale dell'autore de *La madre* nel contesto della storia del suo tempo e del suo ambiente. Siamo, invece, giunti alla conclusione di uno scritto che, come si ricorderà, era nato con un certo senso di perplessità. Leggere oggi *La città del Diavolo Giallo* è un'operazione che a qualcuno riuscirà ostica, persino insopportabile. In altri, rimasti congelati in un'ideologia antidiluviana, vellicherà vecchie emozioni "anticapitalistiche" di fronte a un'America opulenta e insieme squallida. Una ventina d'anni dopo, Gor'kij, parlando con uno studioso americano autore di una sua biografia, riconobbe di essere stato, quando scrisse il suo pamphlet antiamericano, piuttosto ingenuo e grossolano. Riconoscimento in parte vero, in parte, probabilmente, frutto di un senso di cortesia verso l'interlocutore. Alla città del diavolo giallo, infatti, Maksim Gor'kij volle sempre contrapporre e sostituire una città del dio rosso, una città organizzata e razionale, costruita da un'umanità omogenea e armoniosa sotto la guida di un'avanguardia forte e illuminata. Peccato che abbia preso un abbaglio, credendo che il grande architetto ne fosse Stalin. Ma l'errore primo stava nella contrapposizione di una città pseudodemoniaca e di una città pseudodivina, quando invece le città non sono né divine né demoniache, ma semplicemente umane.

Vittorio Strada

In America

La città del Diavolo Giallo

... Sull'oceano e sulla terra era sospesa la nebbia, fittamente mescolata a fumo, e una leggera pioggia cadeva pigra sugli edifici scuri della città e sull'acqua torbida della rada.

Gli emigranti si riunirono ai bordi della nave, guardando in silenzio tutto intorno con occhi avidi di speranze e di timori, di paura e di felicità.

«Chi è?» chiese a bassa voce una ragazza polacca, indicando stupita la statua della Libertà. Qualcuno rispose:

«Un dio americano...»

La massiccia figura della donna di bronzo è coperta dai piedi alla testa di ossido verde. Il freddo viso guarda cieco attraverso la nebbia nel deserto dell'oceano, è come se il bronzo sia in attesa del sole, perché vivifichi i suoi occhi morti. Sotto i piedi della Libertà c'è poca terra, essa sembra emergere dall'oceano, il suo piedistallo è come un'onda rappresa.

La sua mano, sollevata sull'oceano e sugli alberi delle navi, conferisce alla posa un'orgogliosa nobiltà e bellezza. Sembra che la torcia, stretta forte tra le dita, si accenderà splendente e generosa, caccerà il fumo grigio e riverserà ovunque luce scintillante e allegra.

Intorno al minuscolo pezzo di terra su cui essa si erge, enormi navi di ferro, come mostri antidiluviani, scivolano per l'acqua dell'oceano, piccoli motoscafi guizzano come predatori affamati. Mugghiano le sirene, simili a voci di fiabeschi giganti, echeggiano fischi rabbiosi, risuonano le catene delle ancore, sciabordano severe le onde dell'oceano.

Intorno tutto corre, si precipita, sussulta. Le eliche e le ruote dei battelli fendono con furia l'acqua ricoperta di schiuma gialla, solcata da rughe.

Sembra che ogni cosa – ferro, pietra, acqua, legno – sia piena di protesta contro la vita senza sole, senza canzoni e felicità, prigioniera del duro lavoro. Ogni cosa geme, urla, stride, obbedendo alla volontà di qualche forza misteriosa, di un nemico. Dappertutto in seno all'acqua, solcata e tagliata dal ferro, insudiciata da dense macchie di petrolio, intasata da schegge, da trucioli, da paglia e da resti di cibo, agisce una fredda e malvagia forza invisibile. Severa e monotona, essa dà gli impulsi a tutta questa macchina immensa, in cui le navi e i bacini sono solo piccole parti, e l'uomo è una minuscola vite, un punto invisibile tra mostruosi, sudici intrecci di ferro e legno, nel caos delle navi, dei battelli e di certi barconi piatti carichi di vagoni.

Un essere a due gambe, stordito, assordato dal frastuono, tormentato da questa danza di materia morta, tutto nero di fuliggine e olio, mi guarda in maniera strana, le mani nelle tasche dei calzoni. Il suo viso è insudiciato da una patina di spesso lordume, e in esso brilla non lo sguardo di un uomo vivo, ma la bianca chiostra dei denti.

La nave si trascina lenta attraverso la folla di altre navi. I vólti degli emigranti sono diventati stranamente pallidi, si sono istupiditi, qualcosa di scialbo, di ovino, ha coperto tutti gli occhi. Le persone restano ai bordi e guardano mute la nebbia.

In essa nasce, si sviluppa qualcosa di inconcepibilmente enorme, pieno di risonante mormorio, che respira incontro agli uomini con un alito pesante, cattivo; nel suo rumore si sente qualcosa di minaccioso, di rapace.

È la città, è New York. Sulla riva si ergono case a vénti piani, i silenziosi e scuri "grattacieli". Edifici quadrati, privi del desiderio di essere belli, si levano ottusi e pesanti in maniera cupa e noiosa. Ogni casa sente la boria arrogante della propria altezza, della propria mostruosità. Alle finestre non ci sono fiori e non si vedono bambini...

Da lontano la città sembra un'enorme mandibola, con denti irregolari e neri. Essa respira nel cielo con nuvole di fumo e ansima, come un crapulone che soffre di obesità.

Entrandovi, si ha la sensazione di essere capitato in uno stomaco di pietra e di ferro, in uno stomaco che ha ingoiato alcuni milioni di persone, e le tritura, le digerisce.

La strada è una gola scivolosa, avida, in essa nuotano da qualche parte in profondità scuri pezzetti del cibo della città, gli esseri umani. Dappertutto – sulla testa, sotto i piedi e affianco a te – vive il ferro, rimbomba trionfando della sua vittoria. Portato in vita dalla forza dell'Oro, animato da esso, circonda l'uomo con la sua ragnatela, lo soffoca, succhia il sangue e il cervello, divora i muscoli e i nervi e cresce, cresce, appoggiandosi sulla muta pietra, spandendo sempre più gli anelli della sua catena.

Come enormi vermi, strisciano le locomotive, trascinando dietro di sé i vagoni, simili a oche grasse anatrano i clacson delle automobili, ulula tetra la corrente elettrica, l'aria soffocante è imbevuta, come lo è una spugna di umidità, di migliaia di suoni urlanti. Oppresso da questa città sporca, imbrattato dal fumo delle fabbriche, l'uomo è immobile tra gli alti muri coperti di fuliggine.

Nelle piazze e nei piccoli giardini pubblici, dove le polverose foglie degli alberi pendono morte dai rami, emergono scuri monumenti. I loro vólti sono coperti da uno spesso strato di sudiciume, i loro occhi, un tempo ardenti d'amore per la patria, sono colmi della polvere della città. Questi uomini bronzei sono morti e solitari dentro i reticolati delle case a più piani, sembrano nani nell'ombra scura degli alti muri, sono smarriti nel caos della follia intorno a loro, si sono fermati, e mezzi ciechi, tristi, con la morte nel cuore guardano l'avida vanità degli uomini ai loro piedi. Le persone, piccole, nere, passano frettolose davanti ai monumenti, e nessuno getta lo sguardo sul vólto degli eroi. Gli ittiosauri del capitale hanno cancellato dal ricordo il significato di quei costruttori della libertà.

Sembra che gli uomini bronzei siano presi da un unico grave pensiero:

Era questa la vita che volevo costruire?

Ribolle intorno, come la zuppa sul fornello, la vita delirante; piccoli uomini corrono, si aggirano, scompaiono in questo ribollire, come granelli nel brodo, come schegge nel mare. La città li arraffa e li ingoia uno dietro l'altro con fauci insaziabili.

Alcuni degli eroi hanno le braccia abbassate, altri sollevate, e le impongono sulle teste degli uomini, ammonendoli:

«Fermatevi! Questa non è vita, è follia...»

Essi sono superflui nel caos della vita della strada, non sono al posto giusto nel selvaggio mugghiare della brama, nella stretta prigione della cupa fantasia di pietra, vetro e ferro.

Una notte, all'improvviso, scenderanno tutti dai piedistalli, e con passi pesanti attraverseranno offesi le strade, portando l'angoscia della loro solitudine via da questa città. Quando un uomo ha lavorato tutta la vita per il bene della sua patria, si è meritato che almeno dopo la morte lo lascino in pace.

Per i marciapiedi le persone vanno in fretta di qua e di là in tutte le direzioni. Le risucchiano i profondi pori dei muri di pietra. Il trionfante fracasso del ferro, l'ululato dell'elettricità, il rumore rimbombante dei lavori per la costruzione di una nuova rete di metallo, di nuovi muri di pietra, tutto questo soffoca le voci umane, come gridi d'uccelli nell'oceano in tempesta.

I visi sono immobili e tranquilli – evidentemente nessuno sente l'infelicità di essere schiavo della vita, cibo della città-mostro. Nella loro dolente autocoscienza si sentono padroni del proprio destino – nei loro occhi a volte brilla la coscienza della propria indipendenza, ma certo non comprendono che è solo l'indipendenza dell'accetta nelle mani del falegname, del martello nelle mani del fabbro, del mattone nelle mani di un invisibile muratore che, ridendo furbescamente, costruisce per tutti un unico carcere, enorme ma stretto. Ci sono molti visi energici, ma in ogni viso prima di tutto si vedono i denti. La libertà interiore, la libertà dell'anima, non brilla negli occhi della gente. E questa energia senza libertà ricorda il freddo scintillio del coltello che ancora non si è riusciti a smussare. È la libertà degli strumenti ciechi nelle mani del Diavolo Giallo, l'Oro.

Per la prima volta vedo una città così mostruosa, e mai gli uomini mi erano sembrati così insignificanti, così asserviti. E allo stesso tempo non ne ho mai incontrati di così tragicomicamente soddisfatti di sé, come quelli in quest'avido e sporco stomaco di crapulone, che è caduto dall'avidità nell'idiozia e con un selvaggio muggito da bestia divora cervello e nervi...

Parlare delle persone è terribile e doloroso.

Il vagone della "via aerea" vola per i binari con urlo e fracasso, tra i muri della via stretta, all'altezza dei terzi piani delle case avviluppate con monotonia nelle griglie dei balconi e nelle scale di ferro. Le finestre sono aperte, e quasi in ognuna ci sono figure umane. Alcuni lavorano, cuciono o contano qualcosa, con la testa piegata sui banchi, altri stanno alle finestre, con il petto appoggiato sul davanzale, e guardano i vagoni che scorrono ogni minuto davanti ai loro occhi. Vecchi, giovani e bambini, tutti muti allo stesso modo, tranquilli allo stesso modo. Sono abituati a queste corse senza scopo, sono abituati a pensare che uno scopo c'è. Negli occhi non c'è sdegno contro la signoria del ferro, non c'è odio per il suo trionfo. Il guizzo dei vagoni scuote i muri delle case, sussultano i petti delle donne, le teste degli uomini; alle inferriate dei balconi oziano i corpi dei bambini e anch'essi tremano, abituati ad accettare questa vita disgustosa come necessaria, inevitabile. Nei cervelli, sempre in sussulto, evidentemente non è possibile intessere i bei merletti dei propri orgogliosi pensieri, è impossibile generare un sogno vivo, audace.

Ecco che balena un viso scuro di vecchia con una giacca sporca, sbottonata al petto. L'aria torbida, avvelenata, cedendo il passo ai vagoni salta spaventata dentro le finestre, e i capelli grigi della vecchia cominciano a tremare, come le ali di un uccello grigio. Ella chiude gli occhi plumbei, spenti. Sparisce.

Nei cupi interni delle camere balenano le molle di ferro dei letti coperti di cenci, le stoviglie sporche e i rimasugli di cibo sui tavoli. Vorresti vedere fiori alle finestre, cerchi qualcuno con un libro in mano. I muri fluiscono davanti agli occhi, come fossero fusi, ti corrono incontro in una sudicia corrente, individui muti brulicano con fatica nella corsa veloce del flusso.

Un cranio calvo brilla dietro un vetro coperto da uno strato di polvere. Oscilla con monotonia su qualche macchina utensile. Una ragazza dai capelli rossi, magra, siede alla finestra e fa la calza, contando le maglie con gli occhi scuri. Il colpo dell'aria la fa sobbalzare – ella non stacca gli occhi dal lavoro, non si aggiusta il vestito mosso dal vento. Due bambini sui cinque anni costruiscono sul balcone una casa di assicelle. Essa si sfascia a causa della scossa. I bambini afferrano con le piccole mani le sottili assicelle, perché non cadano per strada attraverso le aperture nella grata del balcone. Anch'essi non badano alla causa che ha disturbato il loro lavoro. Ancora e ancora vólti, uno dopo l'altro, balenano alle finestre, come frammenti di un'unica cosa – grande, ma frantumata in minuscoli granelli di polvere, sminuzzata in ghiaia.

Cacciata dalla furiosa corsa dei vagoni, l'aria fa sventolare i vestiti e i capelli degli uomini, li colpisce al viso con un'onda calda e umida, li urta, caccia nelle loro orecchie mille suoni, getta negli occhi polvere sottile, corrosiva, li acceca, li assorda con un suono prolungato, urlante, ininterrotto.

Per un uomo vivo, che pensa, che crea nel suo cervello sogni, quadri, figure, che genera desiderî, soffre, vuole, nega, attende, per un uomo vivo questo selvaggio ululato, fischio, ruggito, questo tremito della pietra dei muri, il tremolio tintinnante dei vetri nelle finestre, tutto questo sarebbe insopportabile. Indignato, uscirebbe da casa e romperebbe, distruggerebbe questo abominio, "la via aerea", costringerebbe a tacere l'urlo sfacciato del ferro: egli è padrone della vita, la vita è per lui, e tutto ciò che impedisce di vivere deve essere eliminato.

Gli uomini, nelle case della città del Diavolo Giallo, sopportano tranquillamente tutto ciò che uccide l'uomo.

In basso, sotto la rete d'acciaio della "via aerea", nella polvere e nel sudiciume delle strade, scorrazzano muti i bambini – muti, anche se ridono e gridano come i bambini di tutto il mondo, ma le loro voci annegano nel fracasso sovrastante, come gocce di pioggia nel mare. Sembrano fiori che qualche mano rozza ha buttato dalle finestre delle case nel lordume della via. Nutrendo il corpo con le dense esalazioni della città, sono pallidi e gialli, il loro sangue è avvelenato, i nervi sono irritati dal grido sinistro del metallo arrugginito, dall'urlo cupo dei fulmini asserviti.

Viene da chiedersi: Questi bambini potranno diventare uomini sani, audaci, orgogliosi? In risposta, da tutte le parti stridore, risa, un fischio malvagio.

I vagoni volano davanti East Side, il quartiere dei poveri, la fossa di decomposizione della città. Profondi sono i fossati delle strade che portano gli esseri umani da qualche parte nelle profondità della città, dove – ci si immagina – è costruito un enorme buco senza fondo, un caldaio, un pentolone. Lì confluisce tutta quella gente, e lì, da essa, viene estratto l'oro. I fossati delle vie brulicano di bambini.

Ho visto molto spesso la povertà, mi è ben noto il suo viso terreo, esangue, scarno. I suoi occhi, intontiti dalla fame e ardenti di avidità, furbi e vendicativi oppure servilmente remissivi e sempre inumani, li ho visti dappertutto, ma l'orrore della miseria dell'East Side è più scuro di tutto ciò che conosco.

In queste vie, affollate come sacchi di grano, i bambini cercano con avidità ortaggi imputriditi nelle casse d'immondizia che stanno presso i marciapiedi, e li divorano lì stesso insieme alla muffa, nella polvere acre e nell'afa.

Quando trovano una crosta di pane ammuffito, essa solleva tra loro un odio selvaggio; presi dal desiderio di ingoiarla, si azzuffano come cagnolini. Essi riempiono le vie a frotte, come colombi voraci, e all'una di notte, alle due e più tardi, frugano ancora nel lordume, penosi microbi d'indigenza, rimproveri vivi all'avidità dei ricchi servi del Diavolo Giallo.

Agli angoli delle strade sporche ci sono alcune fornaci o bracieri in cui viene bollito qualcosa; il vapore, erompendo nell'aria attraverso un tubo sottile, sibila da un fischietto alla sua estremità. Il sottile fischio, che perfora le orecchie, interrompe con la sua tremolante intensità tutti i suoni delle strade, si prolunga senza fine, si avvolge intorno alla gola come un bianco, freddo filo, disturba i pensieri, fa arrabbiare, fa correre via, e senza tacere neanche un secondo trema nell'aria putrida, trema irridente, trascinando spietatamente questa vita nel fango.

Il lordume è una forza che permea tutto di sé: i muri delle case, i vetri delle finestre, i vestiti delle persone, i pori dei loro corpi, i cervelli, i desiderî, i pensieri...

In queste strade le oscure cavità delle porte sono simili a ferite putrefatte nella pietra dei muri. Quando, gettando uno sguardo dentro, si vedono i gradini sporchi delle scale, coperti di immondizia, sembra che lì, all'interno, tutto si sia decomposto e imputridito, come nel ventre di un cadavere. E le creature umane sembrano vermi...

Una donna alta con grandi occhi scuri sta alla porta, tra le braccia ha un bambino; la sua giacca è sbottonata, penzola senza forze come una lunga borsa il suo petto livido. Il bambino grida, graffiando il corpo avvizzito, affamato, della madre, si ficca in esso con il viso, schioccando con le labbra, tace per un minuto, piange di nuovo con forza maggiore, colpisce con le mani e con i piedi il petto della madre. Ella è in piedi, come pietrificata, e i suoi occhi, rotondi come quelli di un gufo, guardano fissi in un unico punto davanti a sé. Si ha la sensazione che questo sguardo non possa vedere niente oltre al pane. Stringe forte le labbra e respira con il naso, le sue narici fremono, inspirando l'aria fetida, densa, della strada: questa donna vive nel ricordo del cibo che ha ingerito ieri, e nel sogno del boccone che forse mangerà prima o poi. Il bimbo grida, contraendo con moti convulsi il corpicino giallo – ella non ascolta le sue grida, non sente i colpi...

Un vecchietto lungo e magro, dal viso rapace, senza cappello sulla testa canuta, socchiudendo le rosse palpebre degli occhi malati, fruga con cura nel mucchio dell'immondizia, scegliendo pezzi di carbone. Quando qualcuno gli si avvicina, sgraziatamente, come un lupo, volta le spalle e dice qualcosa.

Un giovane molto pallido e magro, appoggiato al palo di un lampione, guarda con gli occhi grigi lungo la strada e di tanto in tanto scrolla la testa ricciuta. Le sue mani sono ficcate in profondità nelle tasche dei calzoni e le dita si agitano febbrili...

Qui, in queste strade, l'uomo si nota, si sente la sua voce esasperata, irritata, vendicativa. Qui l'uomo ha un viso – affamato, agitato, sofferente. È evidente che gli uomini hanno sentimenti, che pensano. Brulicano negli sporchi fossati, si strofinano l'uno con l'altro, la forza della fame li fa girare e voltolare come spazzatura nella corrente dell'acqua torbida, li vivifica il desiderio acuto di mangiare qualcosa.

In attesa del cibo, nei sogni di dolce sazietà essi ingoiano l'aria satura di veleni, e nelle profondità oscure delle loro anime generano pensieri aspri, sentimenti scaltri, colpevoli desiderî.

Sono simili a microbi portatori di malattie nello stomaco della città, e verrà il tempo in cui la avveleneranno con gli stessi veleni con i quali tanto generosamente essa ora li nutre!

Il giovane al lampione di tanto in tanto scrolla la testa, stringendo forte i denti affamati. Mi sembra di capire a cosa pensa, cosa vuole: mi sembra che voglia avere enormi mani dalla forza terribile e ali dietro la schiena. Gli serviranno a sollevarsi un giorno sulla città, ad abbassare su di essa le mani, come due leve d'acciaio, e a mescolare tutto in essa in un ammasso di immondizia e di cenere, mattoni e perle, oro e carne di servi, vetro e milionari, lordume, idioti, templi, alberi avvelenati dallo sporco, e questi stupidi "grattacieli" a molti piani, tutto, tutta la città – in un mucchio, in un impasto del lordume e del sangue dell'umanità – in un orribile caos. Questo tremendo desiderio è naturale nel cervello del giovane, come un ascesso nel corpo di un anemico. Dove c'è molto lavoro di schiavi, non ci può essere posto per il libero pensiero creativo; lì possono fiorire solo idee di distruzione, i fiori velenosi della vendetta, la protesta violenta dell'animale. Si capisce: deformando l'anima dell'uomo, non ci si deve aspettare da lui misericordia.

L'uomo ha il diritto di vendicarsi – questo diritto glielo danno gli uomini.

Nel cielo torbido, coperto di fuliggine, il giorno si spegne. Le enormi case diventano sempre più scure, più pesanti. Da qualche parte nelle loro scure viscere si accendono e brillano le luci, come gli occhi gialli di strani animali che tutta la notte devono proteggere la morta ricchezza delle loro tombe.

Il lavoro del giorno è finito e tutti corrono subito a dormire, senza pensare per quale motivo esso sia stato fatto, se sia necessario per loro. I marciapiedi sono pieni di oscuri flussi di corpi umani. Tutte le teste sono monotonamente coperte di cappelli rotondi, e tutti i cervelli – balza agli occhi – si sono già addormentati. Il lavoro è finito, non c'è più nulla a cui pensare. Tutti pensano solo per il padrone, per se stessi non c'è nulla da pensare; se c'è lavoro, ci saranno pane e piaceri a poco prezzo – oltre a ciò, nulla è necessario all'uomo nella città del Diavolo Giallo.

Vanno ai loro letti, alle loro donne, ai loro uomini, e la notte, nelle stanze soffocanti, sudati e scivolosi di sudore, si accoppieranno, perché nasca nuovo cibo fresco per la città...

Camminano. Non si sentono risate, né allegri discorsi, e non brillano sorrisi.

Grugniscono le automobili, schioccano le fruste, cantano intensamente i cavi elettrici, rimbombano i vagoni.

Forse da qualche parte suona la musica.

I ragazzini urlano con voce stridula i titoli delle gazzette. Il suono vile dell'organetto e il lamento di qualcuno si mescolano nel tragicomico abbraccio dell'assassino e del buffone da baraccone. Piccoli uomini camminano svogliati – come pietre che rotolano ai piedi della montagna...

I fuochi gialli divampano sempre più – interi muri brillano di parole fiammanti sulla birra, il whiskey, il sapone, il nuovo rasoio, i cappelli, i sigari, i teatri. Il fracasso del ferro, cacciato dappertutto lungo le strade dalle avide spinte dell'Oro, non si attenua. Adesso che i fuochi ardono dappertutto, questo ininterrotto lamento è ancora più evidente, assume un nuovo significato, una forza più pesante.

Dai muri delle case, dalle insegne, dalle finestre dei ristoranti, si riversa la luce accecante dell'Oro fuso. Sfacciata, chiassosa, essa scintilla trionfante dappertutto, taglia gli occhi, deforma i visi con il suo freddo scintillare. Il suo furbo luccichio, pieno della sottile voglia avida di togliere dalle tasche delle persone le briciole insignificanti del loro guadagno, scarica i suoi ammiccamenti con parole di fuoco, e con queste parole richiama in silenzio i lavoratori verso piaceri a poco prezzo, propone loro comode cose...

C'è un'enormità di fuoco in questa città! Dapprima esso sembra bello e, eccitando, rallegra. Il fuoco è una forza libera, figlio orgoglioso del sole. Quando fiorisce rigoglioso, i suoi fiori palpitano e vivono più belli di tutti i fiori della terra. Esso purifica la vita, può annullare tutto ciò che è vecchio, morto e sporco.

Ma quando guardi il fuoco in questa città, racchiuso nelle trasparenti prigioni di vetro, capisci che qui, come ogni cosa, il fuoco è asservito. È servo dell'Oro, è per l'Oro ed è ostilmente lontano dagli uomini...

Come ogni cosa – ferro, pietra, legno – anche il fuoco è nella congiura contro l'uomo e, accecandolo, lo chiama:

«Vieni qui!»

E lo raggira:

«Dài i tuoi soldi!...»

La gente accorre al suo richiamo, compra inutili sciocchezze e guarda spettacoli che l'abbrutiscono.

Sembra che da qualche parte nel centro della città un grande mucchio di Oro si rigiri con lascivo mugolio e terrificante rapidità, sparpagli per tutte le strade polveri sottili, e che tutto il giorno le persone avidamente le cerchino, le prendano, le catturino.

Ma ecco che arriva la sera, il mucchio di Oro inizia a girare nella parte opposta, formando un freddo turbine fiammeggiante, e tira a sé gli uomini perché diano indietro la polvere dorata che hanno afferrato di giorno. Essi danno sempre più di quanto hanno preso, e il mattino del giorno dopo il mucchio di Oro aumenta di volume, la sua rotazione diventa più veloce, risuona più forte l'urlo trionfante del ferro, suo servo, e il fracasso di tutte le forze a lui asservite.

E con più avidità e potere di ieri esso succhia il sangue e il cervello degli uomini, affinché la sera questo sangue e questo cervello si trasformino in freddo, giallo metallo. Il mucchio di Oro è il cuore della città. Nel suo battito è tutta la vita, nella crescita del suo volume è tutto il suo senso.

Per questo le persone per giorni interi vangano la terra, forgiano il ferro, costruiscono case, respirano il fumo delle fabbriche, assorbono con i pori del corpo lo sporco dell'aria avvelenata, malata, per questo vendono i loro bei corpi.

Questo brutto sortilegio narcotizza le loro anime, rende gli uomini docili strumenti nelle mani del Diavolo Giallo, li rende minerale da cui esso instancabilmente fonde l'Oro, li rende sua carne e suo sangue.

Dal deserto dell'oceano viene la notte e soffia sulla città con un respiro fresco, salato. Come migliaia di frecce, fuochi freddi si conficcano in esso; e la notte procede, avvolgendo pietosa con scure vesti l'informità delle case, l'abominio delle strette strade, coprendo lo sporco dei brandelli di povertà. Il selvaggio lamento dell'avida follia le va incontro, rompendo il suo silenzio – essa procede e poco a poco spegne il brillio del fuoco asservito, coprendo con mano leggera le piaghe imputridite della città.

Ma, entrando nella rete delle strade, essa non ha la forza di vincere, di cacciare con il suo fresco respiro le esalazioni velenose della città. Si strofina contro la pietra dei muri riscaldati dal sole, striscia lungo il ferro arrugginito dei tetti, lungo lo sporco delle strade, si impregna di polvere avvelenata, inghiotte gli odori e, abbassando le ali, senza forza, immobile si stende sui tetti delle case, nei fossati delle strade. Di lei è rimasta solo l'oscurità – il fresco e il refrigerio sono spariti, ingoiati dalla pietra, dal ferro, dal legno, dagli sporchi polmoni della gente. In essa non c'è più silenzio, né poesia...

La città si addormenta nell'afa, grugnisce come un enorme animale. Ha masticato troppo cibo diverso, ha caldo, è a disagio e fa sogni cattivi, pesanti.

Tremolando, spegne il fuoco, che ha svolto il suo penoso compito di provocatore, di lacchè della pubblicità. Le case risucchiano le persone, una dopo l'altra, nelle loro pietrificate interiora.

Un uomo magro, alto e curvo, sta all'angolo di una strada e annoiato guarda a destra e a sinistra con occhi senza luce, ruotando piano la testa. Dove andare? Tutte le strade sono uguali, e tutte le case si guardano con le albugini delle finestre appannate nella stessa maniera indifferente e morta...

L'angoscia soffocante stringe la gola con mano calda, ostacolando il respiro. Sui tetti delle case sta immobile la nuvola trasparente delle esalazioni diurne della maledetta, infelice città. Attraverso questo velo le stelle silenziose brillano pallide nell'altezza irraggiungibile dei cieli.

L'uomo ha tolto il cappello, ha sollevato la testa, guarda in su. L'altezza delle case, in questa città, ha respinto il cielo più lontano dalla terra che altrove. Le stelle sono minute, solitarie...

In lontananza risuona tremante una tromba d'ottone. Le lunghe gambe dell'uomo tremolano stranamente, ed egli cammina in una delle strade, lento, con la testa bassa, agitando le braccia. È già tardi, le strade diventano sempre più vuote. Piccoli uomini solitari scompaiono, come mosche, dileguandosi nell'oscurità. Agli angoli stanno immobili le guardie, con cappelli grigi, con i manganelli nelle mani. Masticano tabacco, muovendo adagio le mandibole.

L'uomo va davanti a loro, davanti ai pali dei telefoni e alla moltitudine delle porte nere nei muri delle case – porte nere, fauci quadrate spalancate in uno sbadiglio. Da qualche parte in lontananza rimbomba e urla il vagone del tram. La notte è soffocata nelle profonde gabbie delle strade, la notte è morta.

L'uomo va, muovendo ritmicamente le gambe, e dondola il suo lungo, curvo corpo. Nella sua figura c'è qualcosa di pensante e tuttavia di indeciso, di irresoluto...

Mi pare che sia un ladro.

È piacevole vedere una persona che si sente viva nelle nere reti della città.

Le finestre aperte emanano il nauseante odore del sudore umano.

Incomprensibili suoni sordi indugiano torpidi nella soffocante, malinconica oscurità...

La cupa città del Diavolo Giallo si è addormentata e delira nel sonno.

Il regno della noia

Quando arriva la notte sull'oceano, la città trasparente, tutta di luci, improvvisamente si alza al cielo. Migliaia di scintille rosseggianti brillano roventi nell'oscurità, disegnando sottili e distinte, sul fondo scuro del cielo, le torri slanciate di fantastici castelli, di palazzi e di templi di cristallo multicolore. La ragnatela dorata palpita nell'aria, intrecciandosi coi merletti trasparenti della fiamma, e si dilegua, innamorata della sua bellezza che si specchia nell'acqua. Questo scintillio del fuoco, che ardendo non si spegne, è fiabesco e incomprensibile; inesprimibilmente bello è il suo tremito magnifico, quasi impercettibile all'occhio, che crea nel deserto del cielo e dell'oceano un quadro magico della città di fuoco. Un tramonto rossastro ondeggia su di esso, e l'acqua rispecchia i suoi contorni, riversandoli in macchie bizzarre d'oro fuso...

Il gioco del fuoco crea strani sogni: sembra che lì, nelle sale dei palazzi, nel chiaro bagliore della felicità della fiamma, silenziosa e orgogliosa risuoni una musica che mai nessuno ha sentito. Sull'onda del suo flusso ordinato corrono come stelle alate i migliori pensieri della terra. Essi si toccano l'un l'altro in una danza sacra, e divampando luminosi in un abbraccio fugace generano una nuova fiamma, un nuovo pensiero.

Sembra che lì, nell'oscurità leggera, nel seno ondeggiante dell'oceano, dondoli una grande culla meravigliosa, intessuta di fili d'oro, di fiori e stelle – in essa, di notte, riposa il sole.

Il sole pone l'uomo più vicino alla verità della vita. Di giorno, al posto del fuoco fiabesco si vedono solo bianchi, aerei edifici.

La nebbia azzurra del respiro dell'oceano è mescolata col fumo della città, grigio e torbido; le bianche, leggere costruzioni sono avvolte di trasparente velo, tremano seducenti, simili a un miraggio, attirano a sé e promettono qualcosa di bellissimo, di tranquillizzante.

Lì dietro, le case quadrate della città stanno pesanti nelle nubi di fumo e polvere, e senza requie si diffonde il muggito insaziabile, avido e affamato, della città. Questo suono teso, che scuote l'aria e l'anima, urlo di corde di ferro, malinconico lamento delle forze della vita oppresse dalla forza dell'Oro, il freddo, irridente fischio del Diavolo Giallo – questo rumore caccia via dalla terra, schiacciata e inquinata dal fetido corpo della città. E la gente va sulla riva dell'oceano, dove ci sono begli edifici bianchi che promettono riposo e silenzio.

Essi sono serrati fitti sulla lunga lingua di terra sabbiosa che, simile a un coltello, penetra in profondità nelle acque scure. La sabbia brilla al sole con una lucentezza calda, gialla, e sul suo velluto gli edifici trasparenti sono simili a leggeri ricami di seta bianca. È come se qualcuno, giunto alle acute lingue di terra, sia sprofondato nelle onde, buttando nel loro seno i suoi ricchi vestiti.

Si vorrebbe andare a toccare le soffici, carezzevoli stoffe, giacere sulle loro sfarzose pieghe e guardare il deserto, dove veloci uccelli bianchi balenano senza rumore, dove l'oceano e il cielo si sono pigramente fermati nell'ardente luce del sole.

Siamo a Coney Island.

Il lunedì i giornali della città informano trionfanti il lettore:

«Ieri a Coney Island c'erano 300.000 persone. Si sono persi 23 bambini...»

...Bisogna andare a lungo nella polvere e tra lo strepito delle vie, sul tram per Brooklin e per l'isola di Long Island, prima che appaia davanti agli occhi l'accecante sfarzo di Coney

Island. E appena ci si presenta all'ingresso di questa città del fuoco, si è accecati. Negli occhi vengono buttate centinaia di migliaia di fredde scintille bianche, e a lungo non ci si può raccapezzare nella polvere luccicante, intorno tutto è mescolato nel vortice impetuoso della schiuma di fuoco, tutto gira, brilla e attrae. Subito si resta storditi, le coscienze vengono schiacciate da questo scintillio, i pensieri sono cacciati via e la personalità viene trasformata in un pezzo della folla. Ubriache e svogliate le persone vanno da qualche parte in mezzo al bagliore del fuoco. Un nebbia opaca e bianca penetra nel cervello, l'avida attesa avvolge l'anima con una cortina vischiosa. La folla, colpita dal riverbero, si riversa in un nero flusso nell'immobile lago di luce, compressa dappertutto dalle scure frontiere della notte.

Piccole lampadine brillano secche e fredde dappertutto; sono attaccate a tutti i pali e muri, agli stipiti delle finestre, alle cornici, si protendono con linee uguali lungo l'alto palo della stazione elettrica, bruciano su tutti i tetti, graffiano gli occhi con punte acuminate di morto scintillio. La gente socchiude gli occhi e, sorridendo smarrita, si trascina lenta per la terra, come tanti pesanti anelli di una catena aggrovigliata.

Bisogna fare un grande sforzo per raccapezzarsi in mezzo alla folla schiacciata dalla meraviglia, in cui non c'è entusiasmo né gioia. E chi ci riesce vede che questi milioni di fuochi generano una luce triste, che spoglia tutto, e creando allusioni alla possibile bellezza svelano ovunque un'ottusa, noiosa informità. La città fiabesca, trasparente in lontananza, si solleva ora come un orribile caos di linee diritte di legno, come una costruzione affrettata, economica, per il divertimento dei piccoli, oculato lavoro di un vecchio pedagogo che, disturbato da monellerie infantili, desidera inculcare nei bambini docilità e rassegnazione persino con i giocattoli. Ci sono decine di bianchi edifici mostruosamente diversi tra loro, e neppure in uno di essi c'è almeno l'ombra della bellezza. Sono costruiti in legno, dipinti di vernice bianca scrostata, e tutti soffrono esattamente della stessa malattia della pelle. Alte torri e bassi colonnati sono schierati in due linee uguali, senza vita, e si accalcano senza gusto le une agli altri. Ogni cosa è spoglia, depredata dallo scintillare senza passione del fuoco; esso è ovunque, e da nessuna parte c'è ombra. Ogni edificio sta come un ebete imbambolato, con la bocca spalancata, e al suo interno ci sono nuvole di fumo, lamenti acuti di tubi di rame, urli d'organo e nere figure umane. Le persone mangiano, bevono, fumano.

Ma l'uomo non si avverte. Nell'aria, con uguale zampillo scorre lo sfrigolio del fuoco nei lampioni, corrono brandelli di musica, il misero canto delle canne di legno degli organetti, e il sottile, ininterrotto sibilo dei bracieri. Tutto questo si mescola con il molesto rombo di qualche invisibile grossa corda tesa, e se in questo suono ininterrotto si intrufola la voce umana, essa sembra un sussurro spaventato. Ogni cosa intorno brilla sfacciata, svelando la sua noiosa deformità...

L'anima è presa dal desiderio ardente di un fuoco vivo, rosso, fiorente, che liberi dalla prigionia della noia variegata che perfora le orecchie e acceca gli occhi... Si ha voglia d'accendere tutta questa meraviglia e danzare, gridare e cantare con foga, con allegria, in un gioco violento di lingue diverse di una viva fiamma, in un lascivo banchetto di distruzione della morta sontuosità della miseria spirituale...

Le persone prigioniere di questa città sono centinaia di migliaia. Essi si affollano, come nubi di mosche nere, in tutta la sua piazza enorme, fittamente edificata di bianche gabbie, in tutte le sale degli edifici. Le donne incinte portano soddisfatte il peso del loro grembo. I bambini camminano a bocca aperta, silenziosi, e con occhi accecati si guardano intorno in modo così teso e serio da far pena fino al dolore, poiché i loro sguardi nutrono gli animi di mostruosità, che essi scambiano per bellezza. I visi rasati degli uomini, senza baffi, stranamente simili tra loro, sono solidi e immobili. Per la maggior parte hanno portato qui mogli e figli e si sentono benefattori della loro famiglia, a cui danno non solo pane, ma anche spettacoli magnifici. Anche a loro piace questo sfavillare di luci, ma sono troppo seri per esprimere le proprie sensazioni, perciò hanno tutti le labbra sottili serrate e, con gli occhi socchiusi, guardano di sottecchi, come chi non si meraviglia di nulla. Ma sotto questa tranquillità esteriore di esperienza matura si sente il desiderio acuto di provare tutti i piaceri della città. Ed ecco che uomini posati, ridendo sprezzanti e mostrando il luccichio soddisfatto degli occhi luminosi, si siedono in sella ai cavalli e agli elefanti di legno di una giostra elettrica, si siedono, e dimenando le gambe attendono con ansia il sottile piacere di correre sui binari, di volare in alto con fragore e di cadere giù con un fischio. Compiuto questo cammino accidentato, tutti tendono di nuovo la pelle sul viso e vanno verso nuovi godimenti...

I piaceri sono infiniti: ecco che sulla cima di una torre di ferro oscillano lente due lunghe ali bianche, sulle estremità delle ali sono appese delle gabbie, nelle gabbie ci sono le persone. Quando una delle ali si dispiega con sforzo in volo verso il cielo, i visi nelle gabbie diventano malinconicamente seri, e tutti guardano con occhi rotondi, allo stesso modo teso e silenzioso, la terra che si allontana. Nella gabbia dell'altra ala, che in questo momento si abbassa con cautela, fioriscono sorrisi, si diffondono strilli soddisfatti. Ciò ricorda il mugolio allegro del cagnolino, quando lo si abbassa per terra dopo averlo trattenuto in aria per la collottola.

Intorno alla cima di una seconda torre, delle barche volano nell'aria, una terza, ruotando, muove alcune bocce di ferro, una quarta, una quinta, tutte si muovono, fiammeggiano, richiamano con un grido muto di fuoco freddo. Tutto vacilla, strilla, rimbomba e fa girare le teste, rendendo appagati ma tristi, estenuando i nervi con il caos dei movimenti e con il bagliore del fuoco. Gli occhi luminosi diventano ancora più luminosi, come se il cervello impallidisse, dissanguandosi nella strana vanità del legno bianco, luccicante. E sembra che la noia, soffocando sotto il peso della repulsione per se stessa, giri, giri in lenta agonia e attiri nella sua triste danza decine di migliaia di persone nere, uniformi, spazzandole, come fa il vento con il pattume delle strade, in mucchi senza volontà, e di nuovo disperdendole, di nuovo spazzandole...

Anche all'interno dei padiglioni la gente si attende dei piaceri, ma seri, educativi. Qui vengono mostrati l'inferno con i suoi severi ordini e la diversità delle sofferenze che deve attendersi chi ha trasgredito la santità delle leggi create per gli uomini...

L'inferno è fatto di cartapesta dipinta di un colore rossoscuro, tutto in esso è imbevuto di un composto ignifugo e denso, dello sporco odore di qualche grasso. L'inferno è fatto molto male, è in grado di ispirare disgusto anche ai meno esigenti. Si presenta come una grotta, caoticamente ingombra di pietre e piena di rossastra oscurità. Su una delle pietre siede Satana con un costume rosso, deforma con diverse smorfie il suo viso magro, marrone, e si frega le mani come chi ha fatto qualcosa di utile. È evidente che gli è molto scomodo stare seduto – la pietra di carta crepita e oscilla, ma egli quasi non ci fa caso, osservando come in basso, sotto le sue gambe curve, i diavoli si destreggiano con i peccatori.

Ecco che una ragazza ha comprato un nuovo cappello e si guarda allo specchio, soddisfatta e felice. Ma dietro di lei sopraggiunge un paio di diavoli non grandi, evidentemente molto affamati, che l'afferrano sotto le ascelle; ella strilla, ma è troppo tardi! I diavoli la mettono in un lungo solco liscio che scende ripido nella fossa in mezzo alla grotta, dalla fossa emana un vapore grigio, si alzano lingue di fuoco di carta rossa, e la ragazza, insieme allo specchio e al cappello, scivola sulla schiena in questa fossa.

Un giovane ha bevuto un bicchiere di vodka: i diavoli pian piano calano anche lui lì, sotto il pavimento della scena.

Nell'inferno si soffoca, i diavoli sono minuti e debolucci,

è chiaro che sono terribilmente stanchi del loro lavoro, li irritano la sua monotonia e l'evidente inutilità, perciò non fanno cerimonie con i peccatori, buttandoli nel solco come ceppi. Li guardi, e vien da gridare:

Basta con le sciocchezze! Basta, ragazzi!...

Una giovinetta ha estratto alcune monete dal borsellino del suo vicino: nello stesso attimo i diavoli la sistemano, per il piacere di Satana, che felice dimena le gambe e sghignazza con voce nasale. I diavoli arrabbiati guardano di sottecchi lo sfaccendato e buttano esasperati nelle fauci della fossa di fuoco tutti coloro che casualmente – per affari o per curiosità – si avvicinano all'inferno...

Il pubblico guarda silenzioso e serio questi spropositi. Nella sala è buio. Un giovanotto in salute, con la testa ricciuta e una giacca spessa, fa un discorso con voce cupa, indicando la scena con la mano.

Nel suo discorso egli dichiara che se le persone non vogliono essere vittime di Satana con il costume rosso e le gambe curve, è bene che sappiano che non devono baciare le ragazze non sposate con loro, perché in questo modo le donne possono diventare prostitute; non bisogna baciare i giovanotti senza il consenso della Chiesa, perché in tal modo possono nascere bambini e bambine; le prostitute non devono rubare i soldi dalle tasche dei loro ospiti; nessuno in genere deve bere vino e altre bevande che eccitano le passioni; tutti devono visitare non le bettole, ma le chiese – ciò è più utile per l'anima e costa meno...

Egli parla in maniera monotona, noiosa e, per la verità, neanche lui crede che bisogna vivere proprio così, come gli hanno ordinato di predicare.

Spontaneamente vien da esclamare all'indirizzo dei padroni di quel gioco rieducativo per i peccatori:

Signori! Se desiderate che la morale agisca sugli animi, anche se con la forza dell'olio di ricino, dovete pagare di più i predicatori della morale!

A conclusione di questa terribile storia, all'angolo della grotta appare un angelo bello da far disgusto. È appeso a una fune e si muove nell'aria per tutta la grotta, tenendo tra i denti un piffero di legno, incollato con carta dorata. Satana, vedendolo, si tuffa come un'anguilla nella fossa dietro i peccatori; si diffonde un crepitio, le pietre di carta rotolano una sull'altra, i diavoli corrono felici a riposare, la tenda si abbassa. Il pubblico si alza ed esce. Alcuni osano ridere, i più stanno riflettendo. Forse pensano:

Se anche all'inferno è così schifoso, ebbene, non vale la pena peccare.

Vanno oltre. Nell'edificio successivo viene mostrato loro "Il mondo dell'oltretomba". È un grande padiglione, anch'esso di cartapesta, con pozzi in cui ciondolano senza scopo le anime malvestite dei morti. Si può strizzare loro l'occhio, ma non pizzicarli, questo è certo. Essi, per la verità, si annoiano molto nell'oscurità del labirinto sotterraneo, in mezzo ai muri scrostati, innaffiati dalla fredda corrente d'aria umida. Alcune anime tossiscono, altre in silenzio masticano tabacco, sputando per terra saliva gialla; un'anima, appoggiata a un angolo del muro, fuma il sigaro...

Quando passi davanti a loro, ti guardano in viso con occhi incolori, e serrando le labbra nascondono freddolosi le mani nelle pieghe grigie dei brandelli sepolcrali. Sono affamate, queste povere anime, e di certo molte di loro soffrono di reumatismi. Il pubblico le guarda in silenzio, e inspirando l'aria umida nutre la sua anima di una noia malinconica, che spegne il pensiero, come uno straccio umido, sporco, buttato in un angolo, in fin di vita...

Ancora, in un edificio viene rappresentato con entusiasmo "Il diluvio universale" che, come è noto, fu concepito per la punizione dei peccati degli uomini...

Tutti gli spettacoli in questa città hanno un unico scopo: mostrare agli uomini in cosa e come saranno ricompensati per i loro peccati dopo la morte, insegnare loro a vivere sulla terra in pace e obbedendo alle leggi...

Dappertutto si predica un'unica cosa:

«Non si deve!»

Infatti, la schiacciante maggioranza del pubblico è popolo lavoratore...

Ma è indispensabile accumulare soldi, e nei riposti cantucci della città luminosa, come ovunque sulla terra, la corruzione irride sprezzante l'ipocrisia e la menzogna. Naturalmente è nascosta e, si intende, è noiosa, anch'essa è "per il popolo". La corruzione è organizzata come una società per azioni, come mezzo per estrarre i guadagni dalle tasche della gente e, permeata di passione per l'oro, è tre volte abominevole e disgustosa in questa palude di noia luminosa...

Il popolo si nutre della corruzione...

... Esso scorre con un flusso denso tra due linee di case ben illuminate, e le case lo ingoiano con fauci affamate. A destra lo spaventano con gli orrori dei tormenti eterni, ammonendolo:

«Non peccare! È pericoloso!»

A sinistra, nella spaziosa sala per le danze, girano lentamente le donne, e tutto lì dice:

«Pecca! È piacevole...»

Accecato dal bagliore dei fuochi, sedotto dallo sfarzo a buon mercato ma sfavillante, ubriaco di rumore, gira nel lento ballo della noia penosa e, volentieri, va cieco a sinistra: al peccato, o a destra: nelle case dove gli predicano la santità.

Con forza immutabile questo cammino svogliato lo abbrutisce, in maniera egualmente utile per i mercanti della morale e per i venditori di corruzione.

La vita è costruita in modo che la gente lavori sei giorni e il settimo pecchi e paghi per i suoi peccati, si confessi e paghi per la confessione – ed ecco tutto!

Sibilano le luci, e simili a centinaia di migliaia di serpenti infastiditi, di scuri sciami di mosche, le persone ronzano senza forze, malinconiche, si rigirano lente nella ragnatela luccicante e sottile degli edifici. Senza fretta, senza sorrisi sui visi ben rasati, entrano pigramente in tutte le porte, sostano un po' davanti alle gabbie delle fiere, masticano tabacco, sputano.

Nell'enorme gabbia un uomo fa correre delle tigri del Bengala con gli spari della rivoltella e con i colpi implacabili della frusta sottile. I begli animali, pazzi di terrore, accecati dalle luci, assordati dalla musica e dagli spari, si agitano furiosi tra le sbarre di ferro, ruggiscono, sbuffano, schizzano fuoco dagli occhi verdi; le loro fauci tremano, sfoderando le zanne, e ora uno, ora l'altro, agita minaccioso la zampa nell'aria. Ma l'uomo spara loro dritto negli occhi, e il rumoroso crepitio della cartuccia a salve, il dolore tagliente dei colpi della frusta respingono il forte, agile corpo della fiera in un angolo della gabbia. Presa dal tremore dell'indignazione, dall'angoscia irata delle umiliazioni, la fiera prigioniera si ferma per un secondo nell'angolo e guarda con occhi folli, muovendo nervosamente la coda serpentiforme, guarda...

Il corpo elastico si contrae in un duro ammasso di muscoli, trema, pronto a volare in aria, a conficcare i suoi artigli nella carne dell'uomo con la frusta, a lacerarlo, ad annientarlo...

Le zampe posteriori sussultano come molle, il collo s'allunga, nelle pupille verdi divampano scintille rosso-sangue di gioia.

In esse si fissano gli sguardi sfioriti come centinaia di spilli spuntati, nella fredda attesa dei visi lividi oltre la grata della gabbia, mescolati in un'uniforme macchia di rame.

Il viso della folla, terribile nella sua morta immobilità, aspetta – anch'essa vuole sangue e lo attende, attende non per vendetta, ma per curiosità, come una belva a lungo soggiogata.

La tigre stringe la testa nelle spalle, spalanca gli occhi tristi e, ondeggiando mollemente, si fa indietro con tutto il corpo, come se all'improvviso avessero annaffiato di gelida pioggia la sua pelle infiammata dall'avidità di vendicarsi.

L'uomo spara, schiocca la frusta, urla come un folle, nasconde con le grida il suo terribile terrore davanti alla belva e il suo servile timore di non compiacerla. L'animale osserva con distacco i salti dell'uomo che attende con ansia il salto fatale della belva. Attende, non rendendosi conto che in lui si è destato e respira l'antico istinto, desidera la lotta, vuole sussultare dolcemente, quando i due corpi si avvinghieranno uno all'altro, il sangue schizzerà e la carne lacerata dell'uomo volerà fumando sul terreno della gabbia, si leveranno un ruggito e un grido...

Ma il cervello dell'animale è già impregnato dai veleni di vari divieti e timori; desiderando il sangue la folla teme, vuole e non vuole, e in questa scura lotta, all'interno di se stessa essa prova un intenso piacere; essa vive...

L'uomo ha spaventato tutte le belve, le tigri fuggono flessuose da qualche parte nella profondità della gabbia, ed egli, sudato e soddisfatto di esser rimasto vivo anche per oggi, sorride con le labbra impallidite, cercando di nascondere il loro tremore, e si inchina al vólto di rame della folla, si inchina ad essa come a un idolo.

La folla muggisce, batte le palme e si divide in scuri pezzi, si sparpaglia per lo stagno melmoso della noia intorno ad essa...

Avendo goduto del quadro della competizione dell'uomo con le fiere, le bestie umane vanno a cercare ancora qualcosa di divertente.

Ecco il circo. Nel centro dell'arena rotonda un uomo lancia in aria due bambini con le sue lunghe gambe. I bambini balenano su di lui, come due bianche colombe con le ali spezzate, a volte essi si sganciano dai suoi piedi, cadono per terra e guardando timorosi il viso capovolto, irrorato di sangue, del loro padre o padrone, frullano di nuovo nell'aria. Intorno all'arena si è formata la folla. Guarda. E quando il bambino si stacca dai piedi dell'artista, tutti i visi hanno un sussulto di animazione, come quando il vento riveste di leggere increspature l'acqua sonnolenta di uno stagno sporco.

Si vorrebbe vedere un uomo ubriaco con un muso allegro, che cammini, bighelloni, beva, urli, felice di essere ubriaco, e che àuguri sinceramente la stessa cosa a tutte le persone buone...

Risuona la musica, facendo a pezzi l'aria. L'orchestra è cattiva, i musicanti sono stanchi, i suoni delle trombe si agitano slegati, come zoppicanti, per loro è impossibile l'ordine piano, e corrono con una linea rotta, urtandosi, rincorrendosi, confutandosi l'un l'altro. E per qualche motivo ogni suono separato si disegna nell'immaginazione come un pezzo di latta dalle sembianze di un viso, con bocca, occhi, apertura per il naso, e a cui sono state aggiunte le lunghe orecchie bianche. Un uomo, agitando la bacchetta sulle teste dei musicanti che non lo guardano, prende questi invisibili pezzi per le orecchie, a mo' di maniglia, e li butta in alto. Essi si scontrano l'uno con l'altro, l'aria fischia nelle fessure delle loro bocche, e questo crea la musica, da cui persino i cavalli dei fantini da circo, abituati a tutto, si allontanano timorosi, drizzando nervosamente le orecchie appuntite, come volendo farne venir fuori i pungenti suoni di latta.

Strane fantasie genera la povera musica per il divertimento dei servi. Vien voglia di strappare dalle mani del musicante la più grande tromba di ottone e soffiare in essa con tutta la forza dei polmoni, a lungo, con sonorità e impeto, così, perché tutti fuggano dalla prigionia, cacciati dall'orrore del suono frenetico...

Non lontano dall'orchestra c'è una gabbia con gli orsi; uno di essi, grosso, bruno, con piccoli occhi furbi, sta in mezzo alla gabbia e dondola ritmicamente la testa. Sembra pensare:

Tutto ciò si può considerare ragionevole solo se mi mostreranno che è stato costruito apposta per rendere gli uomini ciechi, sordi, per mutilarli. Allora, naturalmente, il fine giustifica i mezzi... Ma se gli uomini pensano davvero che tutto ciò è divertente, io non credo più alla loro intelligenza!...

Due altri orsi siedono uno di fronte all'altro, come se giocassero a scacchi. Un quarto, inquieto, ammucchia paglia in un angolo della gabbia, urtando con gli artigli neri le sbarre. Il suo muso è smagato, tranquillo. Egli, evidentemente, non si aspetta nulla da questa vita ed è intenzionato ad andare a dormire...

Le belve eccitano una grande attenzione – gli sguardi acquosi della gente le seguono fissi, come se cercassero qualcosa di dimenticato da tempo nei liberi e forti movimenti dei bei corpi dei leoni e delle pantere. Fermi davanti alle gabbie, fanno passare dei bastoni attraverso la grata e, in silenzio, colpiscono le fiere nelle pance, nei fianchi, osservando: cosa succederà?

Gli animali che ancora non hanno fatto conoscenza con il carattere degli uomini si arrabbiano, colpiscono con le zampe attraverso le sbarre e ruggiscono, aprendo le fauci frementi d'ira. Questo piace. Protette dal ferro dai colpi della fiera, sicure della propria incolumità, le persone fissano tranquillamente gli occhi iniettati di sangue e sorridono soddifatte. Ma la maggior parte delle belve non risponde. Ricevendo un colpo di canna o uno sputo, esse si alzano lentamente, e senza guardare l'insultatore se ne vanno in un angolo lontano della gabbia. Lì nell'oscurità ci sono i forti, bellissimi corpi dei leoni, delle tigri, delle pantere e dei leopardi, e ardono nell'oscurità le pupille rotonde con un fuoco verde di disprezzo nei confronti degli uomini...

Ma gli uomini, guardandole un'ultima volta, vanno oltre e dicono:

«Che animali noiosi!...»

Davanti all'orchestra dei musicanti, che suonano con disperato impegno presso l'ingresso semicircolare di una bocca scura, spalancata, all'interno della quale gli schienali delle sedie sporgono simili a file di denti, davanti ai musicanti è stato posto un palo, e sul palo, legate a una sottile catena, ci sono due scimmie – madre e figlio. Il figlio si è stretto saldamente al petto della madre, incrociando sulla sua schiena le braccia lunghe e sottili con le dita minuscole; la madre lo abbraccia stretto con una mano, l'altra mano è protesa in guardia in avanti, e le sue dita sono nervosamente incurvate, pronte a graffiare, a colpire. Gli occhi della madre sono sbarrati, in essi si nota una disperazione evidente e priva di forze, l'acuto dolore dell'attesa di un'offesa inevitabile, collera estenuata e angoscia. Il figlio, stretto con la guancia al suo petto, di sottecchi, con freddo terrore, guarda intorno a sé – è chiaro che il terrore è impresso nei suoi occhi fin dal primo giorno di vita, e la paura si è agghiacciata in lui per tutti i suoi giorni. Digrignando i piccoli denti bianchi, sua madre, senza staccare per un secondo la mano che abbraccia il corpo generato, con l'altra mano respinge di continuo le canne e gli ombrelli protesi verso di lei dagli spettatori che la tormentano.

Ce ne sono molti. Sono selvaggi di pelle bianca, uomini e donne, con tubini e cappelli con piume, e per tutti è un divertimento incredibile vedere con quanta abilità la scimmia madre difende il figlio dai colpi inferti al suo corpicino...

La scimmia si rigira veloce sul piano rotondo, della grandezza di un piatto, rischia ogni secondo di cadere sotto i piedi degli spettatori e non si stanca di allontanare tutto ciò che vuole colpire suo figlio. A volte essa non riesce a parare il colpo e strilla lamentosamente. La sua mano mulina intorno come una frusta, ma gli spettatori sono così tanti, e ognuno vuole colpire così forte, tirare la scimmia per la coda, per la catena al collo! Essa non fa in tempo. Strizza gli occhi dolenti, attorno alla bocca compaiono rughe di offesa e dolore.

Le mani del figlio le colpiscono il petto; egli è così avvinghiato a lei che le sue dita quasi non si vedono nel sottile pelame della madre. I suoi occhi, senza scostarsi, guardano le macchie gialle dei visi, gli occhi offuscati delle persone a cui il suo terrore nei loro confronti dà una piccola soddisfazione...

A volte uno dei musicanti porta la stupida bocca d'ottone della sua tromba sulla scimmia e la inonda di un suono stridente – essa si contrae, digrigna i denti e guarda il musicante con sguardo intenso...

Il pubblico ride, annuisce al musicista che, soddisfatto, dopo un minuto ripete la sua uscita.

In mezzo agli spettatori ci sono donne, probabilmente alcune di loro sono madri. Ma nessuno pronuncia una parola contro il malvagio divertimento. Tutti ne sono soddisfatti...

Un altro paio di occhi, sembra, è pronto a scoppiare per la tensione con cui osserva i tormenti della madre e il terrore selvaggio del figlio.

Vicino all'orchestra c'è la gabbia dell'elefante. È un signore anziano, con la pelle logora e lucida sulla testa. Allunga la proboscide attraverso le sbarre della gabbia, la dondola con serietà e guarda oltre il pubblico. E pensa, animale buono e intelligente:

Certo, questa canaglia, ammucchiata qui dalla sporca scopa della noia, è capace di schernire anche i propri profeti – come ho sentito dagli elefanti anziani. Ma è la scimmia che mi fa pena. Ho sentito che anche gli uomini, come gli sciacalli e le iene, a volte si sbranano l'un l'altro, ma per una scimmia questo non è una consolazione, no, non lo è!...

... Guardando questo paio di occhi, in cui freme la vergogna della madre incapace di difendere suo figlio, e gli occhi del figlio, in cui immobile si è congelato un profondo, freddo terrore davanti all'uomo, guardando quegli esemplari umani, capaci di divertirsi delle sofferenze di un essere vivente, rivolgendoti alla scimmia, dici tra te:

Animale! perdonali! con il tempo diverranno migliori...

Ma ciò è ridicolo e stupido. E inutile. È difficile che ci sia una madre che possa perdonare le sofferenze di suo figlio; penso che neppure tra i cani ci sia una madre così...

Forse solo i porci...

Sì...

Così, quando passa la notte, sull'oceano ecco divampare all'improvviso la città trasparente, magica, tutta di luci. Essa brucia a lungo senza consumarsi sullo sfondo scuro del cielo della notte, riflettendo la sua bellezza nell'ampio fulgore delle onde dell'oceano.

Nella lucente ragnatela dei suoi edifici trasparenti, simili a pidocchi nei cenci di un miserabile, strisciano annoiate decine di migliaia di persone grigie con occhi spenti.

Avide e abiette le mostrano la ripugnante nudità della loro menzogna e l'ingenuità della loro furbizia, della falsità e della forza insaziabile della loro cupidigia. Il freddo riverbero del fuoco morto denuda del tutto la grettezza, ed essa, brillando trionfalmente, si stende su ogni cosa...

Ma le persone sono ben bene accecate, e con entusiasmo bevono in silenzio la vile pozione che avvelena le loro anime.

Con pigra danza la noia si aggira lentamente, spegnendosi nell'agonia della sua spossatezza.

Solo una cosa è buona nella città luminosa – in essa si può riempire per tutta la vita la propria anima di odio per la forza della stupidità...

“Mob”

... La finestra della mia camera dà su una piazza, ogni giorno cinque strade riversano in essa individui, come patate dai sacchi; gli individui si affollano, corrono, e di nuovo le strade li tirano dentro i loro esofagi. La piazza è rotonda e sporca, come una padella in cui è stata cotta a lungo della carne e non è stata ancora pulita. Quattro linee del tram corrono in questo cerchio compatto, vagoni gremiti scivolano sui binari quasi ogni minuto, stridendo bruscamente sulle curve. Essi spargono nel loro tragitto un fracasso di ferraglia inquietante e frettoloso, i cavi elettrici urlano irritati sopra i vagoni e sotto le ruote. Nell'aria polverosa si spande il tremolio malato dei vetri delle finestre, il grido stridente dell'attrito delle ruote contro i binari. Ininterrottamente urla la musica maledetta della città – mischia selvaggia di suoni grezzi, che si sbranano, si strozzano l'un l'altro ed evocano una strana e oscura fantasia.

... Una folla di mostri furiosi, armati di enormi tenaglie, di coltelli, di seghe e di tutto ciò che si può fare col ferro, si è intrecciata nel groviglio dei vermi, nell'oscuro turbine della follia, su un corpo di donna; l'ha afferrata con mani avide, l'ha gettata per terra, nel sudiciume, nella polvere, e le squarcia il petto, le lacera la carne, ne beve il sangue, la violenta e, cieca, affamata, si azzuffa senza posa su di lei e per lei.

Non si vede chi è questa donna, è tutta coperta da un enorme mucchio giallo-sporco di uomini che sono penetrati in lei da tutte le parti, si sono serrati a lei con corpi magri, si sono attaccati ovunque abbiano trovato posto le labbra avide, e bevono i suoi succhi da ogni poro del corpo... Presi da un'affamata, insaziabile avidità, essi si respingono l'un l'altro via dalla loro preda, colpiscono, calpestano, rompono le ossa, si eliminano a vicenda. Tutti vogliono il più possibile, e tutti tremano di febbre nell'ossessivo timore di restare senza un pezzo. I loro denti stridono, il ferro picchia tra le loro mani, gemiti di dolore, urla di avidità, grida di disperazione, il muggito dell'ira affamata – tutto ciò si mescola in un urlo funebre sul cadavere della preda uccisa, lacerata, violentata da mille violenze, imbrattata da tutto il lordume variegato della terra.

E con questo urlo selvaggio si versa in un'unica onda la penosa vergogna dei vinti, che sono buttati da una parte e, affamati, piangono in modo disgustoso la mancata gioia della sazietà; vili e deboli, non possono lottare per essa.

Ecco cosa fa venire in mente la musica della città.

È domenica. Non si lavora.

Perciò su molti visi si nota malinconica perplessità, quasi ansia. La giornata di ieri ha avuto un senso semplice, determinato – hanno lavorato dalla mattina alla sera. Nell'ora consueta si sono svegliati, sono andati in fabbrica, negli uffici, nelle strade. Sono stati in piedi o seduti ai soliti e perciò comodi posti. Hanno contato i soldi, hanno venduto, hanno vangato la terra, tagliato il legno, squadrato le pietre, trivellato e forgiato – hanno lavorato con le mani tutto il giorno. Stanchi, come al solito sono andati a dormire, e oggi si sono svegliati, ed ecco – l'ozio li guarda con occhi interrogativi, chiedendo che il suo vuoto sia riempito in qualche modo.

Gli uomini, educati a lavorare, non sono stati istruiti a vivere, e pertanto il giorno di riposo sembra loro un giorno faticoso. Strumenti perfettamente in grado di costruire macchine, templi, enormi navi e piccoli begli oggettini d'oro, essi non si sentono capaci di riempire il giorno con qualcosa di diverso del solito lavoro meccanico. Come pezzi e frammenti, sono tranquilli e si sentono uomini nelle fabbriche, negli uffici, nei negozi, dove sono combinati con pezzi simili a loro in un organismo intero, ordinato, che crea beni – ma non per loro – dal succo vivo dei loro nervi.

Sei giorni alla settimana la vita è semplice, è una macchina enorme, tutti sono sue parti, ognuno conosce il proprio posto, ognuno pensa di conoscere e di comprendere il vólto cieco, sporco, della vita. Il settimo giorno invece, giorno di riposo e di festa, la vita sta davanti a ciascuno con un aspetto strano, smontato, il suo vólto si sgretola, si disperde...

Le persone si sono disseminate per le strade, siedono nelle bettole, nel parco, sono state in chiesa, stanno agli angoli. Come sempre, c'è movimento, ma sembra che tra un minuto o tra un'ora esso si bloccherà davanti a qualcosa – manca qualcosa nella vita, e qualcosa di nuovo vuole apparire in lei. Nessuno ha coscienza della propria sensazione, nessuno la può esprimere a parole, ma tutti sentono con pena qualcosa di insolito, di inquietante. Di colpo sono caduti tutti i profondi, comprensibili significati della vita, come denti dalle gengive.

Le persone camminano per le strade, si siedono nei tram, conversano, tutti sono in apparenza tranquilli, si capiscono l'un l'altro come sempre – la domenica è cinquantadue volte l'anno, essi si sono abituati a passarne una come un'altra. Ma ognuno sente di non essere lo stesso di ieri, e che anche il suo compagno non è lo stesso – da qualche parte all'interno si agita un vuoto struggente, ed è possibile che in esso risuoni all'improvviso qualcosa di incomprensibile, di inquieto, forse di terribile...

L'uomo sente in sé la possibilità della domanda, e questa possibilità evoca in lui l'istintivo desiderio di evitare di incontrarla...

Istintivamente le persone si stringono una all'altra, si mescolano in gruppi, in silenzio stanno agli angoli delle strade, guardano tutto intorno, nuovi pezzi vivi si avvicinano a loro, e il desiderio delle parti di creare un intero costituisce la folla.

... Gli uomini, senza fretta, si uniscono uno all'altro: li stringe in un mucchio – come fa la calamita con le scaglie di ferro – la sensazione, comune a tutti loro, di vuoto inquietante nel petto. Quasi senza guardarsi, si mettono fianco a fianco, si stringono sempre più, e in un angolo della piazza si forma un corpo compatto, nero, con una moltitudine di teste. Cupo, taciturno, concentrato nell'attesa, esso è quasi immobile. Si è composto il corpo, e subito sorge veloce il respiro, si forma un ampio, pallido viso, e centinaia di occhi vuoti assumono un'unica espressione, guardano con un unico sguardo – uno sguardo di attesa sospettosa, che cerca inconsapevolmente qualcosa che l'istinto segnala impaurito.

Così si genera uno strano animale, che porta il nome ottuso di "Mob", folla.

... Quando per strada passa qualcuno che non assomiglia in qualcosa alle persone, è vestito in un modo diverso o cammina troppo in fretta per l'uomo comune, Mob lo segue, girando dalla sua parte centinaia delle sue teste e sondandolo con uno sguardo che abbraccia tutto.

Perché non si veste come gli altri? Ciò desta sospetto. E cosa può essere che lo fa camminare così in fretta per questa strada in un giorno in cui tutti camminano lentamente? È strano...

Due giovani camminano e ridono forte. Mob tende l'attenzione. Di cosa ridere in questa vita dove tutto è così incomprensibile, quando non c'è il lavoro? Il riso evoca nell'animale un leggero tremito, nemico dell'allegria. Alcune teste cupe si voltano verso quegli allegroni, e brontolano.

Ma lo stesso Mob ride, quando vede che in piazza un venditore di giornali si agita tra i vagoni del tram che corrono verso di lui da tre parti, minacciando di investirlo. La paura dell'uomo minacciato dalla morte gli è comprensibile, e tutto ciò che esso comprende, nella misteriosa vanità della vita, lo rallegra...

Ecco che viene in automobile un padrone noto a tutta la città e persino a tutto il paese. Mob lo guarda con profondo interesse, mescola i suoi sguardi in un unico raggio che illumina il secco, ossuto e giallo viso del padrone con un pallido scintillio di rispetto nei suoi confronti. Così i vecchi orsi, ammaestrati fin dall'infanzia, guardano il loro domatore. Mob capisce il padrone – è la forza. È un uomo importante – in migliaia lavorano perché egli viva, in migliaia! Nel padrone, per Mob c'è un senso assolutamente chiaro, il padrone dà il lavoro. Ma ecco – nel vagone del tram siede un uomo canuto, ha un viso austero e occhi severi. Mob sa anche chi è lui, su di lui spesso si scrive sui giornali come di un pazzo che vuole distruggere lo Stato, portar via tutte le fabbriche, le ferrovie, le navi – portar via tutto... I giornali dicono che si tratta di una fantasia insensata e ridicola. La folla guarda il vecchio con biasimo, con una fredda condanna, con curiosità sprezzante. Il pazzo desta sempre curiosità.

Mob può solo udire, solo vedere. Non può trasformare le impressioni in pensieri, la sua anima è muta e il cuore è sordo.

... Le persone camminano, una dietro l'altra, ed è incomprensibile, strano, inspiegabile – dove vanno, perché camminano? Sono tantissimi, e molto più diversi dei pezzi di ferro, di legno, di pietra, più diversi delle monete, delle stoffe e di tutti gli strumenti con i quali l'animale ha lavorato ieri. Questo irrita Mob. Sente in modo confuso che c'è un'altra vita, diversa da questa, con altre abitudini, una vita piena di qualcosa di sconosciuto e seducente...

La sospettosa attesa del pericolo poco a poco si nutre di un sentimento di irritazione che graffia con punte sottili il cieco cuore della bestia. I suoi occhi diventano più scuri, il corpo compatto, senza forma, si tende al massimo, sobbalza, preso da un'agitazione inconsapevole...

Guizzano le persone, volano i vagoni, le automobili... Nelle vetrine dei negozi alcune cose brillanti stuzzicano lo sguardo. Il loro significato è sconosciuto, ma esse attirano a sé l'attenzione, richiamano il desiderio di possederle...

Mob si agita...

Sente confusamente di essere solo in questa vita, solo e respinto da tutte le persone eleganti. Esso nota come sono lindi i loro colli, come sono esili e bianche le braccia, i loro visi sono lucidi e brillano di tranquilla sazietà – inconsciamente si immagina il cibo che ogni giorno costoro divorano. Di certo si tratta di cose meravigliose, saporite, se grazie ad esse la pelle risplende tanto e le pance crescono così belle e rotonde...

Mob sente nel ventre gli acuti aghi dell'invidia.

Belle donne flessuose viaggiano in costose e leggere carrozze. Sono stese sui cuscini in pose provocanti, con i piedini allungati, i loro vólti sono come stelle, i begli occhi richiamano il sorriso degli uomini.

Guardate come siamo splendide! raccontano in silenzio le donne.

La folla guarda con attenzione e confronta queste donne con le proprie mogli. Molto ossute oppure troppo grasse, le mogli sono sempre avide e si ammalano spesso. Con particolare frequenza hanno mal di denti e lo stomaco in disordine. E litigano in continuazione tra loro.

Mob spoglia con sensualità le donne nelle carrozze, palpa i loro seni, le cosce. E immaginandosi il corpo nudo, nutrito, elastico, splendente delle donne, Mob non può trattenere un forte senso di eccitazione, e ad alta voce si scambia parole da cui emana un ardente, grasso sudore, parole brevi e forti, come lo schiaffo di una mano pesante, sporca...

Mob vuole la donna. I suoi occhi brillano, abbracciando avidamente gli snelli e sodi corpi delle bellezze che balenano accanto.

I bambini sono splendenti, risuonano il loro riso e le loro grida. Bambini vestiti con cura, in salute, con gambe dritte e slanciate. Con le guance rosate, allegri...

I figli di Mob sono anemici, gialli, le loro gambe, chissà perché, sono storte. Avviene molto spesso: figli con le gambe storte. Probabilmente è colpa delle madri, che fanno qualcosa non come si deve quando li mettono al mondo...

I confronti generano invidia nell'oscuro cuore di Mob.

Ora all'irritazione della folla si mescola l'ostilità, che cresce sempre fiorente sul fertile suolo dell'invidia. Il corpo nero, enorme, muove goffamente le sue parti, centinaia di occhi attenti e pungenti vanno incontro a tutto ciò che è sconosciuto e a loro incomprensibile.

Mob sente di avere un nemico furbo, forte, diffuso ovunque e perciò inafferrabile. È in qualche luogo vicino – e da nessuna parte. Ha preso per sé tutte le cose saporite, le belle donne, i bimbi rosei, le carrozze, le stoffe chiare di seta, e distribuisce tutto a chi vuole, ma non a Mob. Egli disprezza Mob, lo nega e non lo vede, come Mob non vede lui...

Mob cerca, annusa, segue tutto. Ma tutto è consueto, e sebbene nella vita delle strade ci siano molte cose nuove, a lui sconosciute, esse scorrono, balenano accanto, senza sfiorare le corde ben tese della sua ostilità, del suo oscuro desiderio di prendere qualcuno e di schiacciarlo.

In mezzo alla piazza c'è un poliziotto con un cappello grigio. Il suo vólto rasato brilla come rame. Quest'uomo è forte, invincibile, perché ha nelle mani un piccolo, massiccio manganello riempito di piombo.

Mob guarda di sottecchi questo manganello. Conosce i manganelli, ne ha visti centomila, e tutti sono di semplice legno o ferro.

Ma in esso – piccolo e ottuso – è racchiusa una forza diabolica, contro cui non si può andare, non è possibile.

Mob è sordamente e ciecamente ostile a tutto, si agita, è pronto a qualcosa di terribile. E senza quasi accorgersene misura con gli occhi il piccolo, ottuso manganello...

Nell'oscuro ciarpame dell'incosciente marcisce sempre la paura...

La vita muggisce senza tregua, instancabile nel suo movimento. Da dove le viene questa energia, quando Mob non lavora?

E con sempre maggior chiarezza la folla avverte la sua solitudine, ha il sentore di un qualche inganno e, irritandosi sempre più, cerca con occhio acuto qualcosa su cui mettere le mani.

Essa diventa adesso sensibile e ricettiva – nessuna cosa per lei nuova le passa accanto senza essere notata. Essa adesso schernisce in maniera crudele e cattiva, e la persona con il cappello troppo ampio deve affrettare i passi sotto le punture irridenti dei suoi sguardi e le frustate delle sue esclamazioni. Una donna, attraversando la strada, ha sollevato un tantino la gonna, ma vedendo con quali occhi la folla guarda le sue gambe, subito, come se le avessero dato un colpo sulla mano, allunga le dita che tenevano la stoffa...

In piazza da qualche parte vien fuori un ubriaco. Cammina con la testa china sul petto, borbotta qualcosa, e il suo corpo, corroso dal vino, oscilla senza forze, pronto a cadere ogni secondo, a crollare sulla strada, sui binari...

Ha una mano nella tasca, nell'altra ha un cappello sgualcito, impolverato, lo agita e non vede niente.

Nella piazza, capitando nel turbine selvaggio di suoni metallici, si riprende un poco, si ferma e guarda intorno con occhi umidi, annebbiati. Da tutte le parti volano su di lui i vagoni, le carrozze, si muove un lungo filo, in cui è infilata una collana scura. Irritanti suonano le campanelle dei tram, avvisandolo, scalpitano gli zoccoli dei cavalli, tutto ronza, rumoreggia, si arrampica su di lui.

Mob sente la possibilità di qualcosa che lo possa distrarre un poco. Di nuovo mescola centinaia di sguardi in un unico raggio e segue, in attesa...

Il conduttore suona e grida all'ubriaco, si sporge, il suo viso è rosso per il grido – l'ubriaco agita amichevolmente il cappello e cammina sui binari. Gettandosi indietro con tutto il corpo, con gli occhi chiusi il conduttore gira con forza la leva, il tram sobbalza e si ferma stridendo...

L'ubriaco cammina oltre – mette il cappello in testa e di nuovo abbassa la faccia verso terra.

Ma da dietro il primo tram, senza fretta, ne sguscia un altro e abbatte le gambe dell'ubriaco; egli prima crolla di peso nella rete, poi cade senza forze sui binari, e la rete lo scaglia, rimanda il suo corpo sgualcito per terra. Si vedono sbattere per terra le mani e i piedi dell'ubriaco. Il sangue si disegna rosso e sottile, come a voler richiamare qualcuno con un cenno...

Nel vagone si diffonde un grido acuto di donne, ma l'urlo denso, trionfante di Mob spegne subito tutti i suoni, come gettandovi sopra d'un tratto una coperta pesante, umida e opprimente. Il suono inquietante delle campanelle, i colpi degli zoccoli, l'urlo della corrente elettrica – tutto viene d'improvviso soffocato dall'orrore davanti all'onda nera, l'onda della folla che con un muggito animalesco si butta in avanti, colpisce i vagoni, li innaffia, li avvolge di schizzi scuri e inizia a lavorare.

I vetri dei finestrini del tram hanno un tremito timido e breve. Non si vede nulla, solo l'enorme corpo di Mob batte e palpita, e non si sente nulla oltre al suo urlo, al grido eccitato con cui esso allegramente dà l'annuncio di sé, della sua forza, del fatto che infine anch'esso ha trovato un suo compito.

Nell'aria balenano centinaia di grandi mani, brillano decine di occhi con l'avido fremito di una strana, acuta fame.

Esso, il nero Mob, colpisce uno, ne sbrana un altro, si vendica di un altro ancora...

Dalla tempesta delle sue grida mescolate, sempre più spesso si diffonde, luccica come un lungo, agile coltello, la parola sibilante:

«Linciamolo!»

Essa ha la forza magica di mettere insieme tutti i torbidi desideri di Mob, essa mescola in sé, con sempre maggiore intensità, le sue grida:

«Linciamolo!»

Alcune parti della folla sono salite sui tetti dei vagoni, e anche da lì palpita per l'aria, fischiando come una frusta e serpeggiando mollemente, la parola:

«Linciamolo!»

Ecco che al suo interno si è formato un nucleo compatto, che ha ingoiato, risucchiato qualcosa e si muove, fuoriesce dalla folla. Di fronte all'urto il suo corpo denso si spande con docilità e, lacerandosi poco a poco, stacca dai suoi visceri questo compatto, nero mucchio – la sua testa, le sue mandibole.

Tra i denti di queste mandibole oscilla un uomo lacerato, insanguinato – era il conducente del vagone, come si vede dai galloni sui suoi brandelli.

Adesso egli è un pezzo di carne sgualcita, di carne fresca, innaffiata di sangue chiaro in maniera provocatoriamente saporita.

Le nere fauci della folla lo portano e continuano a masticare, e le sue mani, come i tentacoli di una piovra, avvinghiano il suo corpo senza vólto.

Mob urla:

«Linciamolo!»

E si forma oltre la sua testa un tronco lungo, compatto, pronto a ingoiare una gran quantità di carne fresca.

Ma ecco che davanti a lui sta l'uomo rasato col vólto di rame. Ha il cappello grigio calcato sugli occhi, si erige, come una pietra grigia, sulla strada della folla e in silenzio solleva in aria il suo manganello.

La testa della folla comincia a vacillare a destra, a sinistra, desiderando sgusciare via da questo manganello, aggirarlo.

Il poliziotto è immobile, il manganello nella sua mano non trema, e non battono ciglio i suoi occhi tranquilli, duri.

Questa consapevolezza della propria forza manda subito un soffio freddo sul vólto ardente di Mob.

Se un uomo sta da solo sulla sua strada, solo, contro il volere di Mob, pesante e forte come lava, se egli è così tranquillo, significa che è invincibile!...

Mob gli grida qualcosa in faccia, agita i tentacoli, come se volesse abbracciare le larghe spalle del poliziotto, ma già nel suo grido, sebbene irritato, risuona qualcosa di lamentoso. E quando la faccia di rame del poliziotto diviene scura e inespressiva, quando la sua mano solleva ancora più in alto il piccolo, ottuso manganello, il muggito della folla inizia a interrompersi stranamente, e il suo torso prende a sfasciarsi con lentezza, anche se la testa litiga ancora, si affanna da un angolo all'altro, vuole strisciare oltre.

Ecco che vengono, senza fretta, altri due uomini con i manganelli. I tentacoli di Mob rilasciano spossati il corpo accerchiato, esso cade in ginocchio, andando a finire ai piedi del rappresentante della legge, che stende su di lui il piccolo e ottuso simbolo del suo potere...

Anche la testa di Mob lentamente si sfalda nelle parti: già non ha più il torso, scure figure di persone stanche e avvilite, come una collana nera di un enorme monile, si sono sparpagliate per il cerchio sudicio della piazza.

Nei solchi delle strade individui laceri, disuniti, camminano cupi e in silenzio...

1906

Le mie interviste

Il re che tiene alta la sua bandiera

... Il servitore, munito di una lunga sciabola e abbellito da una moltitudine di medaglie variopinte, mi condusse nello studio di sua altezza e rimase in piedi affianco a me, senza distogliere gli occhi dalle mie mani.

Il re era assente, e io presi ad osservare attentamente il laboratorio in cui il grande uomo creava le sue cose, che meravigliavano tutto il mondo. Lo studio di sua altezza era costituito da una camera di circa duecento piedi di lunghezza e di non meno di cento piedi di larghezza.

Il soffitto era fatto di vetro. Sul lato sinistro si trovava un'enorme piscina, in cui galleggiavano modelli di navi da guerra. Lungo la parete si stendevano gli scaffali, su cui erano allineate simmetricamente piccole figurine di soldati vestiti in fogge diverse. Il lato destro era tutto occupato da cavalletti con quadri iniziati, e davanti a loro nel pavimento erano incorporati grandi pezzi di ebano e di avorio, disposti nell'ordine della tastiera del pianoforte.

Anche tutto il resto era magnifico.

«Ascoltate, amico mio» dissi rivolgendomi al lacchè.

Ma egli rumoreggiò con la sciabola e replicò:

«Io sono il cerimoniere...»

«Molto felice» dissi «ma spiegatemi...»

«Quando sua altezza apparirà e vi saluterà, cosa gli direte?» chiese interrompendomi.

«Buongiorno!» risposi.

«Sarà insolente!» mi avvisò con gravità, e iniziò a insegnarmi come bisognava rispondere al re.

Sua altezza entrò con i passi forti di chi è sicuro che il suo palazzo è costruito solidamente. Alla solennità del portamento di sua altezza contribuiva molto il fatto che egli non piegasse le gambe e, tenendo le braccia lungo i fianchi, non muovesse neanche un arto. Anche i suoi occhi erano immobili, come devono essere gli occhi di una persona schietta e abituata a vedere nel futuro.

Mi inchinai a lui, il mio compagno fece il saluto militare, sua altezza mosse leggermente i baffi con benevolenza.

«In che cosa posso rendervi felice?» chiese con voce solenne.

«Sono venuto per bere alcune gocce di umore immortale dall'oceano della vostra saggezza, vostra altezza!» risposi io come mi era stato insegnato.

«Spero che dopo questo non diventerò più stupido!» notò il re con arguzia.

«Questo è impossibile per voi, vostra altezza!» sostenni ossequiosamente il suo scherzo sottile.

«Allora parleremo!» disse «Con i Re bisogna parlare in piedi, ma voi potete sedere... se questo non vi imbarazza...»

Io mi abituo subito alle nuove posizioni e perciò mi sedetti. Sua altezza sollevò le spalle in silenzio e le riabbassò. Quando il re parlava, notai che la sua lingua si muoveva, ma tutto il resto conservava una immobilità solenne. Fece due passi di uguale misura verso la mia parte e continuò, stando in piedi in mezzo alla stanza simile a un monumento:

«E così, voi avete di fronte il Re, cioè Me. Non tutti possono dire: io ho visto il Re! Cosa volete sapere?»

«Vi piace il vostro mestiere?» chiesi.

«Essere Re non è un mestiere, ma una vocazione!» rispose ispirato. «Dio e il Re sono due esseri la cui essenza è inafferrabile dalla mente.»

Sollevò in alto il braccio, allungandolo nella stessa linea del tronco e, indicando il vetro del soffitto, continuò:

«Questo è stato fatto perché Dio veda sempre cosa fa il Re. Solo Dio capisce il Re, solo lui può controllarlo... Il Re e Dio sono creatori. Uno! Due! E Dio creò il mondo!... U-uno! Due! E mio nonno creò la Germania. E io la completerò. Io e un fedele suddito mio antenato, un certo Goethe. Noi, forse, abbiamo fatto più di tutti per i Tedeschi. Forse io anche un po' di più di Goethe. In ogni caso, io, non c'è dubbio, sono più versatile di lui. Il suo Faust, alla fin fine, è semplicemente un uomo di dubbia moralità. Io ho mostrato al mondo il Faust corazzato. Ciò fu capito da tutti e subito, cosa che non si può dire della seconda parte del libro di Goethe. Sì...»

«Dedicate molto tempo all'arte, vostra altezza?» chiesi.

«Tutta la vita!» rispose «tutta la vita! Comandare il popolo è la più difficile delle arti. Per comprendere alla perfezione, bisogna conoscere tutto. Io so tutto! La poesia è l'elemento dei Re. Bisogna vedermi alla parata, per capire come sono innamorato di tutto ciò che è splendido e ordinato. La vera poesia, vi dirò, è la poesia della disciplina. La si può capire solo alla parata e nei versi. Un reggimento di soldati: ecco il poema! Le parole nella riga del verso e i soldati in formazione sono la stessa cosa... Il sonetto è un plotone di parole, avente per scopo l'attacco al vostro cuore. Alla baionetta! E l'ordine di belle assonanze vi si infigge nel cuore. Fuoco! Anche la vostra mente è trapassata da una decina di parole precise... I versi e i soldati sono la stessa cosa, vi dico. Il Re è il primo soldato del paese, è la sua parola divina, è anche il suo primo poeta... Ecco perché io marcio così splendidamente e apprendo con facilità i versi... Guardate. Maarsch!»

Il suo piede sinistro si sollevò lentamente, e a seguire la mano destra si sollevò al livello della spalla.

«Riiiposo!» comandò il re. Il piede e la mano ripresero subito i loro posti. Egli continuò:

«Questo si chiama libera disciplina delle membra. Essa agisce indipendentemente dalla coscienza. Il battito del piede già da solo solleva il braccio: uno! Il cervello qui non gioca nessun ruolo. È quasi un miracolo. Ecco perché il miglior soldato è quello il cui cervello non agisce affatto. Non la coscienza, ma il suono del comando porta il soldato a muoversi!... Maaarsch! Va in paradiso, all'inferno, non importa dove. All'attacco! Trafigge suo padre, se suo padre è socialista, la madre, il fratello... è lo stesso! Agisce, finché non sente: stop! Grandiose e solenni, queste azioni senza pensiero!...»

Riprese fiato e continuò con la stessa voce uguale e potente:

«Forse creerò uno Stato ideale... Io o uno dei miei eredi. Per questo bisogna solo che tutti nel paese sentano la bellezza della disciplina. Quando ognuno smetterà completamente di pensare, i Re saranno grandi e i popoli felici. Soldi! ordina il Re. Tutti i sudditi fedeli si mettono in riga. Uno! Quaranta milioni di mani vanno in silenzio alle tasche. Due! Quaranta milioni di mani tendono al Re dieci marchi ognuno. Tre! Quaranta milioni di mani rendono onore al Re, dopo di che ciascuno va alle proprie occupazioni. Non è stupendo? Vedete, per la felicità della gente non è necessario il cervello: per essa pensa il Re. Il Re è in grado di abbracciare tutta la vita... A questo io aspiro... Ma sinora io solo intendo il ruolo del Re così profondamente... Non tutti i Re si comportano con dignità. Parenti di sangue, non sempre sono fratelli d'animo. Essi devono unirsi tutti in un'unica forza. Ciò è molto facile da fare proprio adesso. Occorre prestare maggiore attenzione al socialismo: in esso c'è qualcosa di utile per i Re. Il fantasma rosso del socialismo mette orrore a tutte le persone perbene della terra. Vuole divorare l'anima della società civile: la sua proprietà. I Re uniscono tutti e tutto per la lotta contro questo mostro e si mettono alla testa come gli antichi condottieri. Bisogna favorire lo sviluppo della paura nei confronti del socialismo. E quando la società impazzisce, i Re si innalzano in tutta la loro altezza. È passato il tempo in cui i Re davano le costituzioni: è ormai tempo di revocarle!»

Riprese fiato e continuò; lo ascoltavo e rimanevo senza respiro... per il godimento della sua saggezza.

«Ecco il programma di ogni Re dei nostri giorni! E, quando la mia flotta militare sarà sufficiente per proporre questo programma a tutti i Re d'Europa, sono sicuro che lo accetteranno... Nel frattempo io mi occupo di un lavoro pacifico, culturale, perfeziono il mio buon popolo. Mi sono impadronito di tutte le arti e le ho messe di guardia all'idea della provenienza divina del potere del Re. Avete visto il mio "Viale della Vittoria"? In esso la musa della scultura mostra ai Tedeschi quante cose c'erano nella terra degli Absburgo e degli Hohenzollern. Chi passa due volte per questo posto avanti e indietro – un-due! un-due! – già viene a sapere che tutti i miei antenati furono grandi uomini. Ciò risveglia in lui l'orgoglio per i Re del suo paese e ne fa inconsciamente un sincero seguace del potere regale. Col tempo metterò le statue degli antenati in tutte le strade delle mie città. Tutti vedranno come erano numerosi i Re nel passato, e allora riconosceranno che anche nel futuro non possono fare a meno di ciò. La scultura è utile, ma io per primo ho mostrato questo con tanta forza!»

«Vostra altezza» chiesi «perché la maggior parte dei vostri antenati ha le gambe storte?»

«Sono stati fatti tutti in un'unica bottega di monumenti funebri. Ma ciò non impedisce a nessuno di vedere la grandezza del loro animo. Avete sentito la mia musica? No? Vi mostrerò come la faccio.»

Piegò maestosamente il suo corpo diritto come una baionetta, sedette su una sedia e, stendendo le gambe, disse al servitore che mi aveva condotto:

«Conte! Aiutatemi a togliere gli stivali. Così... Anche i calzini... Grazie! Sebbene il Re non sia obbligato a ringraziare i sudditi per i loro servizi... lo fa per gentilezza!»

Rimboccati i calzoni fino alle ginocchia, piegò il collo con un angolo di quarantacinque gradi e si osservò le gambe.

«Ordino di fonderle di bronzo mentre sono ancora in vita!» disse «Che fondano alcune decine di esemplari per le statue future. Le gambe del Re devono essere dritte, è vero. Se storte, possono inculcare il pensiero della imperfezione del Re.»

Si avvicinò alla parete destra, prese in mano un pennello e, facendo una mezza rotazione a sinistra, continuò:

«Di musica e di pittura mi occupo nello stesso tempo. Guardate: nel pavimento sono incorporati dei tasti, e lo strumento è sotto. L'apparato meccanico, anch'esso nascosto sotto il pavimento, registra le note. Io dipingo un quadro: uno!» Portò il pennello lungo la tela di uno dei cavalletti.

«E pesto con il piede sui tasti: due!» Echeggiò un suono molto forte.

«Ecco tutto!» disse «È molto semplice e fa risparmiare tempo, che per un Re è sempre poco. Dio dovrebbe raddoppiare gli anni della vita terrena dei condottieri del popolo. Noi tutti siamo così sinceramente devoti al lavoro per la felicità dei nostri sudditi, che non teniamo affatto a scambiare questa cosa con la gioia della vita eterna... Ma io mi distraggo sempre. I pensieri dei Re fluiscono senza posa, come le acque dei fiumi. Il Re è tenuto a pensare per tutti i sudditi, e oltre a lui, nessuno deve farlo... se non gli viene ordinato dal potere... Adesso vi faccio conoscere una nuova pièce... L'ho pestata proprio ieri...»

Prese uno spartito e, passandovi sopra il dito, raccontò:

«Ecco la fila delle note del registro medio... Vedete in che ordine severo stanno? Tra-ta-tam. Tra-ta-tam. Nel rigo seguente vanno alla montagna, come all'attacco!... Vanno veloci, in sequenza sparsa... Ra-ta-ta-ta-ta! È di grande effetto. Ricorda le coliche di stomaco, poi capirete perché. In seguito, esse si spianano di nuovo in una linea severamente dritta su comando di questa nota: bum! Qualcosa di simile a uno sparo di avvertimento... o a uno spasmo improvviso nella pancia. Qui si sono infrante in gruppi separati... decine di colpi! Crepitio di ossa!... Questa nota suona ininterrottamente, come un dolore da slogatura. E, infine, tutte le note, con un assalto amichevole, allo stesso posto: rrram! rrata-tam! Bum! Qui c'è il disordine totale delle note, ma è necessario così. È il finale, il quadro del giubilo totale...»

«Come si chiama questo pezzo?» domandai, assai interessato alla descrizione.

«Questa pièce...» rispose «questa pièce si chiama "Nascita del Re". La mia prima esperienza di profeta dell'assolutismo per mezzo della musica... Non male? Eh?»

Egli evidentemente era soddisfatto di sé. I suoi baffi si agitarono con molta energia.

«Tra i miei sudditi c'erano alcuni musicisti non cattivi anche prima di me, ma io ho deciso di occuparmi personalmente di questo compito, perché tutti ballino solo al suono della mia musica.»

Agitò i baffi, certo con l'intenzione di sorridere e, facendo una mezza rotazione a destra, continuò:

«Adesso guardate qui... Cos'è questo secondo voi?»

Sull'enorme tela di un colore rosso-vivo era disegnato un mostro senza testa e con molte mani. In ognuna di esse c'erano fasci di fuochi a forma di fulmini. Su un fascio era scritto con lettere nere "Anarchia", sull'altro "Ateismo", il terzo portava la scritta "Morte alla proprietà privata", il quarto "Crudeltà"... Il mostro camminava per le città e i villaggi, diffondendo dappertutto fulmini di fuoco e appiccando incendi. Piccoli uomini neri correvano via da lui nello sconcerto e nel terrore, e uomini rossi andavano dietro al mostro in folla esultante. Erano senza occhi e dai piedi alla testa erano coperti di pelame rosso-fuoco, simili a gorilla. Il pittore non aveva lesinato il colore rosso. Il quadro impressionava per la sua grandezza.»

«Non è terribile?» chiese il Re.

«È terribile!» concordai.

«È appunto quello che serve» disse lui, e i suoi occhi fecero una rotazione completa da destra a sinistra. «Voi, naturalmente, avete capito la mia idea? Ma sì, questo è il socialismo. Vedete, non ha testa, semina vizi, diffonde l'anarchia e rende animali le persone. È chiaro che è il socialismo. Ecco cosa significa lavorare con energia! Mentre la metà inferiore del mio corpo conferma l'idea del potere del Re, quella superiore è occupata dalla lotta con il nemico principale di questo potere. L'arte ancora non ha mai eseguito il suo dovere con così tanta solerzia come nel mio regno!»

«Ma i sudditi apprezzano le dure fatiche di vostra altezza?» chiesi.

«Se mi apprezzano?» ripeté lui, e nella sua voce avvertii la stanchezza. «Dovrebbero. Ho creato per loro decine di corazzate, ho costruito intere strade di sculture, faccio musica e quadri, officio la liturgia... Ma... A volte mi viene in testa un pensiero peccatore... Mi sembra che i sudditi, che mi amano – stupidi, ma intelligenti –, siano tutti socialisti. Ci sono anche i liberali. Ma, come sempre, i liberali vogliono troppo per sé e lasciano troppo poco al Re, sebbene anch'essi non diano niente al popolo. Nel complesso danno solo disturbo. Solo il potere assoluto del Re può salvare il popolo dal socialismo. Ma sembra che nessuno lo capisca...»

Si piegò in due formando degli angoli regolari e si sedette. I suoi occhi rotearono pensosamente nelle orbite da sinistra a destra, e per tutta la figura si diffuse la malinconia. Vedendo che si era stancato, gli feci l'ultima domanda:

«Cosa dite, vostra altezza, riguardo alla provenienza divina del potere regale?»

«Tutto ciò che si vuole!» rispose lesto «Prima di tutto essa è incrollabile, e solo essa è vera, poiché è miracolosa! Dal momento che milioni di popoli nel corso di migliaia di anni hanno riconosciuto su di sé lo sconfinato potere di un solo uomo, solo gli idioti possono negarlo... è chiaro. Io sono il Re, sì, ma sono un uomo, e se vedo che le persone si sottomettono alla mia volontà, devo riconoscere che ciò è un miracolo... non è forse vero? Non posso certo supporre che proprio questi milioni siano totalmente costituiti da idioti!

Avendo riguardo per il loro amor proprio, voglio pensare che sono persone intelligenti. Sarei un cattivo Re, se pensassi così male dei miei sudditi. E poiché solo Dio può fare i miracoli, è chiaro che io sono stato scelto da lui per la dimostrazione della sua forza e delle mie qualità. Cosa si può obiettare a questo? Proprio qui è nascosta la verità, ed essa è forte come il diamante, perché la maggioranza la segue...»

Nei suoi occhi apparve l'umido scintillio del piacere, ma presto si spense, e sua altezza riprese fiato, simile alla macchina della nave da guerra che emette vapore di scarico.

«Non oso trattenere più vostra altezza!» dissi, alzandomi dalla sedia.

«Bene!» disse con benevolenza la guida del grande popolo. «Addio. Vi auguro... cosa augurarvi di assai piacevole? M-ma, vi auguro di vedere ancora una volta nella vita il Re!»

Abbassò maestosamente il labbro inferiore e sollevò benevolo i baffi. Presi ciò come il suo congedo e mi diressi al giardino zoologico a guardare gli animali intelligenti...

A volte, dopo una conversazione con un uomo, si ha una voglia appassionata di accarezzare con tenerezza un cane, di sorridere a una scimmia, di togliersi il cappello ossequiosamente davanti a un elefante...

Uno dei re della repubblica

... I re del ferro, del petrolio, e tutti gli altri re degli Stati Uniti hanno sempre turbato la mia immaginazione. Chi ha tanti soldi non potevo immaginarlo come una persona comune.

Mi sembrava che ognuno di loro dovesse avere almeno tre stomaci e centocinquanta denti in bocca. Ero sicuro: il milionario, ogni giorno, dalle sei della mattina fino a mezzanotte, mangia tutto il tempo, senza riposo. Stermina il cibo più caro: oche, tacchini, maialini, ravanelli con carne, pudding, torte e altre cose saporite. La sera è così stanco di lavorare con le mascelle che ordina ai negri di masticare il cibo, e lui lo ingoia soltanto. Infine, perde tutta l'energia, e i negri lo portano a dormire madido di sudore, ansante, e la mattina, dalle sei, ricomincia la sua vita tormentosa.

Tuttavia, neanche questo sforzo gli consente di mangiare almeno la metà delle rendite del capitale.

Tale vita, si intende, è dura. Ma cosa fare? Che senso ha essere milionari, se non puoi mangiare di più di una persona normale?

Mi sembrava che dovesse portare biancheria di broccato, che i tacchi dei suoi stivali fossero fissati con chiodi d'oro, e in testa, al posto del cappello, avesse qualcosa di brillanti. La sua finanziera è intessuta del velluto più costoso, è lunga non meno di cinquanta piedi ed è abbellita da bottoni d'argento in quantità di non meno di trecento pezzi. Durante le feste indossa insieme otto finanziere e sei paia di calzoni. Certo, tutto ciò è scomodo, e impaccia... Ma, essendo così ricchi, non ci si può vestire come tutti...

La tasca del milionario la immaginavo come una fossa dove si può con facilità nascondere una chiesa, l'edificio del senato e tutto ciò che si vuole... Tuttavia, immaginando la capienza della pancia di un tale gentleman simile a quella della stiva di un buon battello marino, non potevo figurarmi la lunghezza delle gambe e dei calzoni di un tale essere. Ma io pensavo che il lenzuolo sotto cui dormiva dovesse essere non meno di un miglio quadrato. E se mastica tabacco, è di sicuro il migliore, e due libbre in un colpo. E se lo annusa, allora non meno di una libbra per ogni presa. I soldi bisogna pur spenderli...

Le dita delle sue mani possiedono il meraviglioso istinto e la forza magica di allungarsi a piacimento: se egli, seduto a New York, sente che da qualche parte in Siberia è spuntato un dollaro, tende la mano attraverso lo stretto di Bering e strappa l'amata pianta senza alzarsi dal suo posto.

È strano che con tutto questo non potevo immaginarmi che aspetto avesse la testa del mostro. Anzi, la testa mi sembrava completamente superflua, con questa massa di muscoli e ossa animata dalla passione di spremere oro da tutto. Nel complesso la mia immagine del milionario non aveva una forma definita. In poche parole, si trattava soprattutto di lunghe mani elastiche.

Esse abbracciavano tutta la sfera terrestre, la avvicinavano a una grande, scura mascella, e questa mascella succhiava, rosicchiava e masticava il nostro pianeta, inondandolo di avida bava, come un'ardente patata cotta...

Potete immaginare la mia meraviglia quando, incontrando un milionario, vidi che si trattava della persona più comune.

Davanti a me sedeva su una profonda poltrona un vecchio lungo, magro, con delle mani marroni aggrinzite, di normale lunghezza umana, tranquillamente appoggiate su una pancia di misura normale. La pelle vizza del suo viso era rasata con cura, il labbro inferiore stancamente abbassato apriva le mascelle ben fatte, disseminate di denti d'oro. Il labbro superiore era rasato, esangue e sottile, saldamente incollato alla dentiera, e quando il vecchio parlava esso quasi non si muoveva. I suoi occhi sfioriti non avevano sopracciglia, il cranio opaco era privo di capelli. Sembrava che a questo viso mancasse un po' di pelle: era tutto rossastro, immobile e levigato – ricordava il viso di un neonato. Era difficile stabilire se questo essere stesse iniziando la sua vita o fosse ormai giunto alla sua fine...

Era anche vestito come un semplice mortale. Anello, orologio e denti – era tutto oro quello che c'era su di lui. Preso nell'insieme, pesava forse meno di mezza libbra. Nel complesso ricordava un vecchio servo di una casa aristocratica d'Europa...

L'arredamento della camera in cui mi accolse non colpiva per il lusso, non incantava per la bellezza. La mobilia era solida, ecco tutto ciò che se ne poteva dire.

Evidentemente, in questa casa a volte vengono elefanti... ecco quale pensiero faceva venire la mobilia.

«Voi siete... milionario?» gli chiesi, non credendo ai miei occhi.

«Oh sì!» rispose, facendo un cenno convinto con la testa. Assunsi l'aspetto di credergli, e decisi subito di smascherarlo.

«Quanta carne potete mangiare a colazione?» chiesi.

«Io non mangio carne!» dichiarò «Uno spicchio d'arancia, un uovo, una tazzina di tè: ecco tutto...»

I suoi occhi innocenti di bimbo brillarono davanti a me, come due grandi gocce di acqua torbida, e io non vidi in essi neanche una scintilla di menzogna.

«Bene!» dissi perplesso «Ma siate sincero, ditemi apertamente, quante volte al giorno mangiate?»

«Due!» rispose senza scomporsi. «Colazione e pranzo: è del tutto sufficiente per me. A pranzo un piatto di zuppa, carne bianca e qualcosa di dolce. Frutta. Una tazzina di caffè. Un sigaro...»

La mia meraviglia crebbe con la velocità di una zucca. Mi guardava con gli occhi di un santo. Ripresi fiato e dissi:

«Ma se questo è vero, cosa fate con i vostri soldi?»

Allora sollevò un poco le spalle, i suoi occhi si mossero nelle orbite, e rispose:

«Faccio ancora più soldi.»

«Perché?»

«Per fare ancora soldi.»

«Perché?» ripetei.

Si piegò verso di me, appoggiandosi con i gomiti ai braccioli della poltrona, e con una sfumatura di curiosità mi chiese:

«Voi siete pazzo?»

«E voi?» risposi con una domanda.

Il vecchio piegò la testa e attraverso l'oro dei denti pronunziò adagio:

«Giovanotto divertente... Forse è la prima volta che ne vedo uno così...»

Dopo di che sollevò la testa e, allargando la bocca fino alle orecchie, prese a guardarmi in silenzio. A giudicare dalla tranquillità del suo viso, egli evidentemente si considerava una persona del tutto normale. Sulla sua cravatta notai una spilla con un piccolo brillante. Se questa pietra avesse avuto la grandezza di un tacco, avrei ancora capìto qualcosa.

«Di cosa vi occupate?» chiesi.

«Faccio soldi!» disse brevemente, sollevando le spalle.

«Siete un falsario?» esclamai con gioia; mi sembrava di avvicinarmi alla scoperta del segreto. Ma ecco che iniziò a singhiozzare a bassa voce. Tutto il suo corpo tremava, come se una mano invisibile lo solleticasse sotto le ascelle. I suoi occhi lampeggiavano spesso.

«È divertente!» disse tranquillizzandosi, e inondò il mio vólto con l'umidità di uno sguardo soddisfatto. «Chiedetemi ancora qualcosa!» mi propose, e chissà perché gonfiò le guance.

Ci pensai e gli domandai deciso:

«In che modo fate soldi?»

«Ah! Capisco!» disse, facendo un cenno con la testa. «È molto semplice. Ho delle ferrovie. I contadini producono merce. Io la consegno ai mercati. Considero quanti soldi bisogna lasciare al contadino perché non muoia di fame e possa ancora lavorare, e tutto il resto lo prendo per me come tariffa per il trasporto. È molto semplice.»

«I contadini sono soddisfatti di questo?»

«Non tutti, penso!» rispose con semplicità infantile «Ma, dicono, tutte le persone mai e in nessun modo possono essere soddisfatte. Ci sono sempre gli strampalati che brontolano...»

«Il governo non vi disturba?» chiesi con discrezione.

«Il governo?» rispose, e rifletté, strofinandosi la fronte. Poi, come ricordando qualcosa, scosse la testa. «Aha... Quelli... a Washington. No, non disturbano. Sono ragazzi molto buoni. Tra loro c'è qualcuno del mio club. Ma li si vede di rado... Perciò a volte ci si dimentica di loro. No, non disturbano» ripeté, e subito domandò con curiosità «Forse ci sono governi che impediscono alla gente di fare soldi?»

Mi sentii confuso per la mia ingenuità e la sua saggezza.

«No» dissi a bassa voce «non per il fatto che... Io, vedete, pensavo che a volte il governo dovrebbe vietare la rapina manifesta.»

«M-ma!» obiettò «questo è idealismo. Qui non si usa. Il governo non ha il diritto di immischiarsi negli affari privati...»

La mia modestia aumentò davanti a questa tranquilla saggezza di bambino.

«Ma forse che il saccheggio di molti da parte di uno solo è un affare privato?» mi informai cortesemente.

«Saccheggio?» ripeté, spalancando gli occhi. «Saccheggio è quando le braccia degli operai sono care. E quando c'è sciopero. Ma da noi ci sono gli emigranti. Essi fanno abbassare sempre lo stipendio degli operai e sostituiscono volentieri gli scioperanti. Quando se ne raccoglieranno nel paese a sufficienza perché lavorino a basso costo e comprino molto, tutto andrà bene.»

Si ravvivò alquanto e divenne meno simile a un vecchio e a un bambino mescolati in un unico corpo. Le sue dita sottili, scure, cominciarono ad agitarsi, e la voce secca cominciò a stridere più veloce nelle mie orecchie.

«Il governo? Davvero, è una domanda interessante, sì. Il buon governo è indispensabile. Esso consente tali compiti: nel paese ci deve essere tanto popolo quanto mi è necessario affinché compri da me tutto ciò che voglio vendere. Gli operai devono essere tanti che non vi sia bisogno di tutti. Ma neanche uno di più! Allora non ci saranno socialisti. E scioperi. Il governo non deve prelevare tasse alte. Tutto ciò che può dare il popolo, lo prendo io stesso. Ecco ciò che io chiamo un buon governo.»

Manifesta la stupidità: questo è un indubbio segno della coscienza della propria grandezza, – pensai – può darsi che sia veramente un re...

«Mi occorre» continuava con tono sicuro e forte «che nel paese ci sia ordine. Il governo ingaggia con un piccolo stipendio diversi filosofi, che per non meno di otto ore ogni domenica insegnano al popolo a rispettare le leggi. Se per questo non bastano i filosofi, si mettano all'opera i soldati. Qui non sono importanti i metodi, ma solo i risultati. Il consumatore e l'operaio sono obbligati a rispettare le leggi. Ecco tutto!» concluse, giocando con le dita.

No, non è stupido, è difficile che sia un re! – pensai, e chiesi: «Siete soddisfatto dell'attuale governo?»

Non rispose subito:

«Fa meno di quanto potrebbe. Io dico: gli emigranti bisogna per ora farli entrare nel paese. Ma da noi c'è la libertà politica, di cui essi si servono, per questo bisogna pagare. Che ognuno di loro porti con sé almeno cinquecento dollari. Un uomo che ha cinquecento dollari è dieci volte meglio di uno che ne ha solo cinquanta... Le persone cattive – vagabondi, poveri, malati e altri scansafatiche – non sono necessari da nessuna parte...»

«Ma questo diminuirà il flusso degli emigranti...» dissi.

Il vecchio scosse il capo in senso affermativo.

«Col tempo proporrò di chiudere del tutto per loro le porte del paese. Per ora che ognuno porti un po' d'oro... Ciò è utile per il paese. Poi è indispensabile aumentare i termini per ottenere i diritti civili. In seguito occorrerà annullarli del tutto. Quelli che vogliono lavorare per gli Americani, lavorino pure, ma non occorre affatto dar loro i diritti dei cittadini americani. Di Americani ne sono stati fatti già abbastanza. Ognuno di loro è in grado da solo di occuparsi di aumentare la popolazione del paese. Tutto ciò è affare del governo. È indispensabile organizzarlo in modo diverso. Tutti i membri del governo devono essere azionisti nelle imprese industriali: allora comprenderanno più in fretta e facilmente gli interessi del paese. Ora mi occorre comprare dei senatori, per convincerli che diverse cosucce... mi sono indispensabili. Allora ciò sarà superfluo...»

Riprese fiato, agitò le gambe e aggiunse:

«La vita si vede nella maniera giusta solo dall'alto di una montagna d'oro.»

Adesso che la sua visione politica mi era abbastanza chiara, gli domandai:

«E cosa pensate della religione?»

«Oh!» esclamò, colpendosi un ginocchio e muovendo con energia le sopracciglia. «Ne penso molto bene. La religione è indispensabile al popolo. Io credo sinceramente in questo. E io stesso la domenica recito omelie in chiesa... sì, eccome!»

«E cosa dite?» domandai.

«Tutto ciò che può dire in chiesa un vero cristiano, tutto!» disse convinto «Predico, naturalmente, l'avvento del povero: i poveri hanno sempre bisogno di una parola buona e dell'insegnamento paterno... io dico loro...»

Il suo viso, per un minuto, assunse un'espressione infantile, dopodiché strinse le labbra e sollevò gli occhi al soffitto, dove gli amorini coprivano con pudore il corpo nudo di una donna grassa con la pelle rosata da maiale dello Yorkshire. I suoi occhi sfioriti rispecchiarono nella loro profondità la varietà di colori delle pitture al soffitto e brillarono di scintille multicolori. Iniziò a bassa voce:

«Fratelli e sorelle in Cristo! Non cedete alle suggestioni del furbo Diavolo dell'invidia, cacciate via da voi ogni cosa terrena. La vita sulla terra è breve: l'uomo è un buon lavoratore solo fino a quarant'anni, dopo i quaranta non lo accettano più in fabbrica. La vita è precaria. Voi lavorate: un movimento sbagliato della mano e la macchina vi tritura le ossa; un colpo di sole, e via! Vi seguono dappertutto le malattie, da ogni parte le disgrazie! L'uomo povero è simile a un cieco sul tetto di un'alta casa: dovunque vada, cadrà e si sfracellerà, come dice l'apostolo Giacomo, fratello dell'apostolo Giuda. Fratelli! Voi non dovete apprezzare la vita terrena, essa è una creazione del Diavolo, ladro di anime. Il vostro regno, o buoni figli di Cristo, non è di questo mondo: come il regno del Padre vostro, esso è nei cieli. E se voi pazientemente, senza lagnanze, senza malcontento, in silenzio terminerete il vostro cammino terreno, egli vi accoglierà nei villaggi del paradiso e vi ricompenserà per le fatiche sulla terra con la beatitudine eterna. Questa vita è solo un purgatorio per le vostre anime, e quanto più soffrite qui, tanta maggiore beatitudine vi attende lì, come ha detto lo stesso apostolo Giuda.»

Indicò il soffitto con la mano, rifletté e continuò in maniera fredda e dura:

«Sì, cari fratelli e sorelle! Tutta questa vita è vuota e insignificante, se non la sacrifichiamo all'amore per il prossimo, chiunque sia. Non consegnate il cuore al potere dei demoni dell'invidia! Cosa potete invidiare? I beni terreni sono fantasmi, sono giocattoli del Diavolo. Noi tutti moriremo: ricchi e poveri, re e contadini, banchieri e spazzini. Nei freschi giardini del paradiso, forse, i contadini diventeranno re, e il re spazzerà con la scopa dai sentieri del giardino le foglie cadute e le carte delle caramelle di cui voi vi nutrirete ogni giorno.

Fratelli! Cosa desiderare sulla terra, in questa selva oscura di peccato, dove l'anima vaga come un bambino? Andate in paradiso mediante l'amore e la mitezza, sopportate in silenzio tutto ciò che vi capita in sòrte. Amate tutti, anche coloro che vi umiliano...»

Chiuse di nuovo gli occhi e, dondolandosi sulla poltrona, continuò:

«Non ascoltate coloro che svegliano nei vostri cuori il sentimento peccaminoso dell'invidia, mostrandovi la povertà degli uni e la ricchezza degli altri. Costoro sono inviati dal Diavolo, il Signore proibisce di invidiare il prossimo. Anche i ricchi sono poveri, sono poveri di amore per lui. "Amate il ricco, poiché egli è un eletto di Dio!" esclamò Giuda, fratello del Signore, sommo sacerdote del tempio. Non prestate attenzione ai profeti dell'uguaglianza e di altre menzogne del Diavolo. Cosa significa l'uguaglianza qui, sulla terra? Aspirate solo a confrontarvi l'uno con l'altro nella purezza dell'anima davanti al vólto del vostro Dio. Portate con pazienza la vostra croce, e la rassegnazione vi alleverà questo carico. Il Signore sia con voi, figli miei, e non vi occorra altro!»

Il vecchio si azzittì, e aprendo la bocca brillante dell'oro dei denti, mi guardò con giubilo.

«Vi servite bene della religione!» notai.

«Oh sì! Conosco il suo valore!» disse «Vi ripeto, la religione è indispensabile per i poveri. Mi piace. Sulla terra tutto appartiene al Diavolo, dice la religione. O uomo, se vuoi salvare l'anima, non desiderare e non toccare niente qui, sulla terra! Godrai della vita dopo la morte, in cielo tutto è per te! Quando le persone credono in questo, è più facile trattare con loro. Sì. La religione è olio. Con quanta più abbondanza lubrificheremo con essa la macchina della vita, tanto meno ci sarà attrito delle parti, tanto più facile sarà il compito del macchinista...»

Sì, è un re! – decisi – e con rispetto chiesi a questo discendente prossimo di un porcaro:

«E voi vi considerate cristiano?»

«Oh sì, certo!» esclamò con totale convinzione «Ma» sollevò la mano e disse gravemente «allo stesso tempo sono un Americano, e in quanto tale, sono un severo moralista...»

Il suo viso assunse un'espressione drammatica: sporse le labbra, e accostò le orecchie al naso.

«Cosa volete dire?» chiesi, abbassando la voce.

«Che rimanga tra noi!» mi avvertì sussurrando «Per un Americano è impossibile accettare Cristo!»

«Impossibile?» domandai bisbigliando, dopo una pausa.

«Certo!» confermò, anche lui in un sussurro.

«E perché?» domandai, dopo un silenzio.

«Cristo è un bastardo!» Il vecchio mi ammiccò con un occhio e si guardò intorno. «Capite? In America non solo Dio, ma neanche un impiegato può essere bastardo. Non lo accolgono da nessuna parte nella buona società. Con lui non si sposa nessuna ragazza. Oh, siamo molto severi! E se riconoscessimo Cristo, dovremmo riconoscere tutti i bastardi come persone perbene anche se sono figli di un negro e di una bianca. Pensate, com'è terribile! Eh?»

Si vede che era davvero terribile: gli occhi del vecchio diventarono verdi e rotondi come quelli di un gufo. Con uno sforzo tese il labbro inferiore verso l'alto e lo incollò ai denti. Evidentemente, supponeva che questa smorfia rendesse il suo vólto grave e severo.

«E in nessun modo potete riconoscere un negro come un essere umano?» mi informai, depresso dalla morale di quel paese democratico.

«Che giovane ingenuo!» esclamò con compassione «Se sono così neri! E puzzano. Per linciare un negro a noi basta sapere che ha vissuto con una bianca come con la moglie. Subito una corda al collo... senza indugi! Siamo molto severi, se si tratta della morale...»

Mi ispirava adesso la deferenza con cui istintivamente ci si rivolge a un cadavere non fresco. Ma avevo iniziato io la questione e dovevo svolgerla fino alla fine. Continuai a porre domande, desiderando affrettare il processo di tortura della verità, della libertà, dell'intelligenza e di tutto ciò che è luminoso, in cui io credo.

«Cosa pensate dei socialisti?»

«Essi sono appunto i servi del Diavolo!» rispose fulmineo, colpendosi il ginocchio con la mano. «I socialisti sono sabbia nella macchina della vita, sabbia che passando dappertutto guasta il lavoro corretto del meccanismo. Un buon governo non deve avere socialisti. In America ne nascono. Significa che gli uomini di Washington non capiscono in maniera del tutto chiara i loro compiti. Devono privare i socialisti dei diritti civili. È già qualcosa. Io dico che il governo deve essere più vicino alla vita. Per questo tutti i suoi membri devono essere scelti nella cerchia dei milionari. È così!»

«Voi siete una persona molto integra!» dissi.

«Oh sì!» concordò, affermando con il capo. Ora dal suo viso era sparito tutto ciò che aveva d'infantile e sulle guance erano apparse profonde rughe.

Ebbi voglia di domandargli qualcosa sull'arte.

«Che ne pensate...» iniziai, ma, sollevato il dito, cominciò a parlare egli stesso:

«Nella testa del socialista c'è l'ateismo, nella sua pancia l'anarchia. La sua anima è incoraggiata dal Diavolo con le ali della follia e della malvagità... Per la lotta contro il socialismo è indispensabile avere più religione e più soldati. La religione contro l'ateismo, i soldati contro l'anarchia. Dapprima versate nella testa del socialista il piombo delle prediche dei preti. Se questo non lo guarirà, che i soldati gli buttino piombo nella pancia!...»

Scosse la testa convinto e disse con forza:

«Grande è la forza del Diavolo!»

«Oh sì!» concordai volentieri.

Per la prima volta osservavo la forza del Diavolo Giallo – l'Oro – in una forma così chiara. Le ossa secche del vecchio, perforate dalla podagra e dai reumatismi, il corpo debole, spossato nel sacco della vecchia pelle, tutto questo piccolo mucchio di vecchio ciarpame era adesso rianimato dalla fredda e crudele volontà del Padre Giallo della menzogna e della corruzione spirituale. Gli occhi del vecchio brillavano come due monete nuove, e lui era diventato tutto più forte e più secco. Adesso assomigliava ancora di più a un servo, ma io già sapevo chi era il suo padrone.

«Cosa pensate dell'arte?» chiesi.

Mi guardò, portò la mano al viso e ne asciugò l'espressione di crudele malvagità. Di nuovo qualcosa di infantile apparve su questo viso.

«Come avete detto?» chiese.

«Cosa pensate dell'arte?»

«Oh!» rispose tranquillamente «Non ne penso nulla, la compro soltanto...»

«Questo mi è noto. Ma forse avete le vostre opinioni ed esigenze nei suoi confronti?»

«Ah! Certo che ho le mie esigenze... Deve essere divertente, quest'arte, ecco cosa chiedo. Bisogna che io rida. Nei miei affari c'è poco di divertente. È indispensabile spruzzare il cervello con qualcosa che a volte rilassi... e a volte ecciti l'energia del corpo. Quando fanno arte sul soffitto o sui muri, essa deve risvegliare l'appetito... Bisogna scrivere le migliori pubblicità, con colori brillanti. Bisogna che la pubblicità vi afferri per il naso da lontano, già a un miglio di distanza, e porti subito laddove essa chiama. Allora essa giustifica... i soldi. Le statue e i vasi sono sempre meglio di bronzo che di marmo o porcellana: il servo non rompe il bronzo così spesso come la porcellana. Molto buone le battaglie dei galli e la caccia ai ratti. Le ho viste a Londra... molto bene! Anche la boxe è buona, ma non bisogna consentire l'omicidio... La musica deve essere patriottica. La marcia è sempre buona, ma la marcia migliore è quella americana. L'America è il miglior paese del mondo, ecco perché la musica americana è la migliore di tutte sulla terra. La buona musica è sempre là dove ci sono buone persone. Gli Americani sono le persone migliori della terra. Hanno soprattutto soldi. Nessuno ha tanto denaro quanto noi. Perciò da noi presto verrà tutto il mondo...»

Sentivo con quanta soddisfazione cianciava questo bambino malato, e con gratitudine pensavo ai selvaggi della Tasmania. Dicono addirittura che siano cannibali, ma che abbiano tuttavia un senso estetico sviluppato.

«Andate a teatro?» chiesi al vecchio schiavo del Diavolo Giallo, per fermare la sua vanteria del paese che egli profanava con la sua vita.

«Il teatro? Oh sì! So che anche questa è arte!» disse convinto.

«E cosa vi piace nel teatro?»

«È bello quando le giovani dame hanno il décolleté, e voi siete seduti più in alto di loro!» rispose dopo averci pensato.

«Cosa amate soprattutto a teatro?» chiesi, giunto alla disperazione.

«Oh!» esclamò, aprendo la bocca per tutta la lunghezza delle guance «Naturalmente le artiste, come tutti... Se le artiste sono belle e giovani, sono sempre abili. Ma è difficile indovinare subito quale è veramente giovane. Tutte fingono così bene. Capisco che è il loro mestiere. Ma a volte pensi: ah, ecco una fanciulla! Poi risulta che ha cinquant'anni e ha avuto non meno di duecento amanti. È così spiacevole... Le artiste del circo sono meglio delle artiste di teatro, sono quasi sempre più giovani e più flessuose...»

Egli, è evidente, era un esperto in questo campo. Persino io, peccatore inveterato, che per tutta la vita ero sprofondato nei vizi, venivo a sapere per la prima volta molte cose da lui.

«E che ne pensate dei versi?» gli domandai.

«I versi?» ripeté, abbassando gli occhi agli stivali e corrugando la fronte. Ci pensò e, alzando la testa, mi mostrò subito tutti i denti «I versi? Oh sì! Mi piacciono molto i versi. La vita sarà molto allegra, quando tutti inizieranno a stampare pubblicità in versi.»

«Chi è il vostro poeta preferito?» mi affrettai a porre un'altra domanda.

Il vecchio mi guardò perplesso e domandò adagio:

«Come avete detto?»

Ripetei la domanda.

«Hmm... siete un giovane molto divertente!» disse, scuotendo la testa con sospetto. «Perché dovrei amare un poeta? E perché bisogna amarlo?»

«Scusatemi!» risposi, asciugandomi il sudore dalla fronte. «Volevo chiedervi, qual è il vostro libro preferito? Escluso il libretto degli assegni...»

«Oh! È un'altra cosa!» concordò. «Io amo due libri: la Bibbia e la Contabilità Generale. Entrambi allo stesso modo entusiasmano la mente. Già quando li prendi in mano senti che in essi c'è una forza che ti dà tutto ciò che è necessario.»

Si prende gioco di me! – pensai – e osservai con attenzione il suo viso. No. I suoi occhi uccidevano ogni sospetto sulla sincerità di questo bimbo. Sedeva nella poltrona, come una noce secca nel suo guscio, ed era evidente che era sicuro della sincerità delle sue parole.

«Sì!» continuò, guardandosi le unghie. «Sono libri proprio buoni! Uno è stato scritto dai profeti, l'altro l'ho fatto io stesso. Nel mio libro ci sono poche parole. In esso ci sono cifre che raccontano quello che ognuno può fare se vuole lavorare onestamente e con zelo. Dopo la mia morte il governo dovrebbe pubblicare il mio libro. Che la gente veda come bisogna procedere, per sollevarsi a questa altezza.»

E con gesto trionfante da vincitore fece un giro su se stesso.

Sentivo che era ora di concludere la conversazione. Non tutte le teste sono in grado di restare indifferenti, quando le si calpesta.

«Forse potete dire qualcosa sulla scienza?» mormorai.

«La scienza?» Sollevò un dito, gli occhi, e guardò il soffitto. Poi estrasse l'orologio, vide che ora era, chiuse il coperchio e, avvolgendo la catenella al dito, dondolò l'orologio nell'aria.

Dopo tutto ciò tirò un sospiro e iniziò:

«La scienza... sì, lo so! – Sono i libri. Se vi si scrive bene dell'America i libri sono utili. Ma di rado nei libri viene scritta la verità. Questi... poeti, che fanno i libri, guadagnano poco, penso. Nel paese dove tutti sono occupati con gli affari, nessuno può leggere libri... Sì, i poeti sono cattivi, perché non si comprano i loro libri. Il governo deve pagare bene i libri agli scrittori. Chi è sazio è sempre buono e allegro. Se proprio sono necessari i libri sull'America, bisogna ingaggiare buoni poeti, e allora saranno fatti tutti i libri che sono necessari per l'America... Ecco tutto.»

«Voi definite la scienza in maniera piuttosto riduttiva!» notai.

Abbassò le palpebre e rifletté. Poi aprì di nuovo gli occhi e continuò convinto:

«Sì, insegnanti, filosofi... anche quella è scienza. Professori, levatrici, dentisti, lo so. Avvocati, dottori, ingegneri. All right. Sono indispensabili. Le buone scienze... non devono insegnare cose cattive... Ma l'insegnante di mia figlia mi disse una volta che ci sono le scienze sociali... Questo non lo capisco. Penso che sia nocivo. La buona scienza non può essere fatta da un socialista. I socialisti non devono fare assolutamente scienza. La scienza che è utile o divertente la fa Edison, sì. Il fonografo, il cinematografo sono utili. E quando ci sono molti libri di scienze sono superflui. Agli uomini non serve leggere libri che possono risvegliare nella mente... diversi sospetti. Tutto sulla terra va come è necessario... e non c'è affatto motivo d'immischiare i libri negli affari...»

Mi alzai.

«Oh! Ve ne andate?» domandò.

«Sì!» dissi. «Forse, adesso che me ne vado, finalmente mi spiegherete che senso ha essere milionari?»

Invece di rispondere, iniziò a singhiozzare e a dimenare le gambe. Forse era quello il suo modo di ridere?

«È un'abitudine!» esclamò, riprendendo fiato.

«Cosa è un'abitudine?» chiesi.

«Essere milionari... è un'abitudine!»

Riflettei e gli posi l'ultima domanda:

«Voi pensate che i vagabondi, i fumatori d'oppio e i milionari siano fenomeni di uno stesso ordine?»

Questo, evidentemente, lo offese. Gli occhi si fecero rotondi, si colorarono del verde della bile ed egli rispose secco:

«Io penso che voi siate un maleducato.»

«Arrivederci!» dissi.

Mi accompagnò cortesemente fino al terrazzino d'ingresso e rimase in piedi sul gradino superiore della scala, osservando con attenzione le punte dei suoi stivali. Davanti alla sua casa c'era una piazzetta disseminata di un'erba fitta, tagliata in maniera regolare. Vi camminai sopra godendo del pensiero che non avrei mai più rivisto quell'uomo.

«Hallo!» sentii dietro di me.

Mi voltai. Stava lì, sul terrazzino, e mi guardava.

«Allora, da voi in Europa ci sono re superflui?» domandò piano.

«Mi sembra che siano tutti superflui!» risposi.

Sputò a destra e disse:

«Penso di affittare... per me un paio di buoni re, eh?»

«Perché?»

«È divertente, sapete. Ordinerei loro di fare pugilato proprio qui...»

Indicò la piazzetta davanti alla casa e aggiunse con un tono di domanda:

«Dall'una all'una e mezza ogni giorno, eh? Dopo la colazione è piacevole concedere mezz'ora all'arte... è bene.»

Parlava seriamente, e si capiva che avrebbe fatto ogni sforzo per realizzare il suo desiderio.

«E per questo scopo avete bisogno di re?» m'informai.

«Qui ancora nessuno ce li ha!» spiegò in breve.

«Ma se i re lottano solo con le mani altrui!» dissi, e me ne andai.

«Hallo!» mi chiamò un'altra volta.

Mi fermai di nuovo. Stava ancora al vecchio posto, con le mani in tasca. Il suo vólto esprimeva qualcosa di sognante.

«Che c'è?» domandai.

Mosse le labbra e disse lentamente:

«E che ne pensate, quanto potranno costare due re per la boxe, mezz'ora al giorno, per tre mesi, eh?»

Il sacerdote della morale

...Venne da me la sera tardi, e guardando con sospetto la mia camera, chiese a bassa voce:

«Posso parlare mezz'ora con voi da solo?»

Nel tono della sua voce e in tutta la figura un po' ingobbita, magra, c'era qualcosa di misterioso e inquietante. Si sedette su una sedia con molta attenzione, come se temesse che la sedia non potesse sostenere le sue ossa lunghe e appuntite.

«Potete abbassare la tenda alla finestra?» chiese a bassa voce.

«Prego!» dissi, ed esaudii subito il suo desiderio.

Per ringraziarmi fece un cenno con la testa, strizzò gli occhi verso la finestra e disse con voce ancora più bassa:

«Mi seguono sempre!»

«Chi?»

«I giornalisti, si intende!»

Lo osservai attentamente. Vestito molto bene, persino con eleganza, produceva tuttavia l'impressione di un poveraccio. Il suo cranio calvo, angoloso, brillava modesto e irreprensibile. Il suo viso rasato alla perfezione, molto magro, gli occhi grigi, colpevolmente sorridenti, coperti a metà da ciglia chiare. Quando alzava le ciglia e mi guardava dritto in viso, sentivo di essere davanti a un vuoto nebbioso, superficiale. Sedeva con le gambe piegate sotto la sedia, la mano destra sul ginocchio, e la sinistra, che reggeva un tubino, abbassata verso il pavimento.

Le lunghe dita delle mani tremavano alquanto, le labbra serrate avevano gli angoli stancamente abbassati: segno che quest'uomo aveva pagato molto il suo vestito.

«Consentitemi di presentarmi» iniziò, dopo aver sospirato e guardato di sbieco la finestra «io, per così dire, sono un peccatore di professione...»

Feci finta di non aver udito le sue parole, e dissi in apparenza tranquillo:

«Come?»

«Io sono un peccatore di professione» ripeté lettera per lettera, e aggiunse: «La mia specialità sono i delitti contro la morale comune...»

Nel tono di questa frase risuonava soltanto modestia, non colsi neanche un'ombra di pentimento nelle parole e sul vólto.

«Non... volete un bicchiere d'acqua?» gli proposi.

«No, vi ringrazio!» rifiutò, e i suoi occhi colpevoli si fermarono con un sorriso sulla mia figura.

«Voi forse non mi capite del tutto?»

«No, perché?» obiettai, nascondendo l'ignoranza, sull'esempio dei giornalisti europei, sotto una maschera di disinvoltura. Ma egli evidentemente non mi credeva. Agitando il tubino in aria e sorridendo con modestia, iniziò:

«Vi riporto alcuni fatti della mia attività, perché capiate chi sono io...»

Qui sospirò e abbassò la testa. E di nuovo fui sorpreso del fatto che in questo sospiro c'era solo stanchezza.

«Ricordate» iniziò, rigirando in silenzio il cappello «che nei giornali si scriveva di un uomo... cioè di un ubriacone? Lo scandalo a teatro?»

«Quel signore della prima fila, che durante una scena patetica si alzò, indossò il cappello e iniziò a gridare al vetturino?»

«Sì!» confermò, e aggiunse amabilmente: «Sono io. L'articoletto intitolato "La belva aguzzina dei bambini" fu anch'esso provocato da me, come l'altro, "Il marito che vende sua moglie"... L'uomo che perseguitava per strada una dama con proposte indecenti, sono ancora io... Nel complesso, di me si scrive non meno di una volta la settimana e ogni volta che necessita dimostrare la degradazione dei costumi...»

Disse tutto ciò a bassa voce, con molta chiarezza, ma senza vanto. Non capii nulla, ma non volevo darlo a vedere. Come tutti gli scrittori, anch'io faccio sempre finta di conoscere la vita e l'umanità come le dita della mia mano.

«Hmm!» dissi col tono di un filosofo. «Cos'è, vi procura piacere questo genere di occupazioni?»

«Quando ero giovane, mi divertiva, non lo nascondo!» rispose «Ma adesso ho già quarantacinque anni, sono sposato, ho due figlie... Questa situazione è molto scomoda, quando due, tre volte la settimana vi dipingono sui giornali come fonte di vizio e corruzione. Vi seguono di continuo i reporter, perché compiate i vostri doveri con diligenza e in tempo...»

Cominciai a tossire, per nascondere la perplessità. Poi, con tono di compassione chiesi:

«Siete malato?»

Scosse la testa in segno di diniego, si fece aria al viso col cappello, come con un ventaglio, e rispose:

«No, è una professione. Vi ho già detto che la mia specialità sono i piccoli scandali per le strade e nei posti pubblici... Altri compagni del nostro dipartimento si occupano di affari di maggior responsabilità e spessore, come l'offesa al sentimento religioso, la seduzione delle donne e delle fanciulle, i furti per una somma non superiore a mille dollari...» Riprese fiato, si guardò intorno e spiegò: «E altri delitti contro la morale... io invece faccio solo piccoli scandali...»

Parlava come un artigiano parla del proprio mestiere. Ciò iniziava a irritarmi, e chiesi sarcastico:

«Questo non vi soddisfa?»

«No!» rispose semplicemente.

La sua semplicità disarmava e risvegliava un'acuta curiosità. Dopo una pausa, gli posi la domanda:

«Siete stato in prigione?»

«Tre volte. Ma nel complesso agisco entro i limiti della multa. Ma le multe le paga, è ovvio, il dipartimento...» spiegò.

«Il dipartimento?» chiesi d'impulso.

«Oh sì! Converrete che mi è impossibile pagare le multe!» disse con un sorriso. «Cinquanta dollari la settimana è troppo per una famiglia di quattro persone...»

«Fatemici pensare» dissi, alzandomi dalla sedia.

«Prego!» concesse.

Iniziai a camminare per la stanza avanti e indietro accanto a lui, sforzandomi di ricordare tutte le forme di malattie psichiche. Cercavo di definire il carattere della sua malattia, ma non ci riuscivo. Era chiara solo una cosa: non era mania di grandezza. Mi seguiva con un sorriso amabile sul viso magro, consunto, e attendeva paziente.

«Così, il dipartimento?» chiesi, fermandomi davanti a lui.

«Sì» rispose.

«Ci sono molti impiegati?»

«In questa città centoventicinque uomini e settantacinque donne...»

«In questa città? Significa... che anche nelle altre città c'è il dipartimento?»

«Sicuro, in tutto il paese! – disse, sorridendo con aria protettiva.»

Iniziai ad aver pena di me stesso.

«Ma... di cosa...» chiesi indeciso «di cosa si occupano questi dipartimenti?»

«Trasgrediscono le leggi della moralità» rispose con naturalezza. Si alzò dalla sedia, sedette in poltrona, si sgranchì e iniziò a considerare la mia faccia con aperta curiosità. Evidentemente, gli sembravo un selvaggio, e smise di essere turbato.

Lo porti via il diavolo! – mi venne da pensare. – Non devo mostrare che non capisco nulla... E, fregandomi le mani, dissi in tono vivace:

«È interessante! Molto interessante!... Solo... a che scopo?»

«Cosa?» chiese sorridendo.

«Questi dipartimenti per trasgredire le leggi morali?»

Scoppiò a ridere della risata benevola dell'adulto nei confronti della stupidità del bambino. Lo guardai e pensai che, in effetti, la fonte di tutte le spiacevolezze della vita è l'ignoranza.

«Cosa pensate, bisogna vivere, eh?» chiese.

«Naturalmente!»

«E bisogna vivere bene?»

«Oh, si intende!»

Si alzò, mi si avvicinò e mi diede un colpetto sulla spalla.

«Forse si può godere della vita, senza trasgredire le leggi della morale, eh?»

Si allontanò, mi fece una strizzatina d'occhi, di nuovo crollò sulla poltrona, come un pesce lesso nel piatto, estrasse un sigaro e lo accese, senza chiedere il mio consenso. Poi continuò:

«A chi piace mangiare fragole con acido fenico?»

E buttò il cerino acceso sul pavimento.

È sempre così: presa coscienza della propria superiorità sul prossimo, l'uomo diventa subito un maiale nei suoi confronti.

«Mi è difficile comprendervi!» riconobbi, guardandolo in viso.

Sorrise e disse:

«Avevo un'opinione migliore delle vostre capacità...»

Facendosi sempre più disinvolto nei modi, buttò la cenere del sigaro direttamente per terra, socchiuse gli occhi e, seguendo attraverso le ciglia il filo di fumo del suo sigaro, iniziò a parlare col tono di esperto dell'affare:

«Avete poca dimestichezza con la morale, ecco cosa vedo...»

«No, a volte mi ci sono imbattuto» obiettai con modestia.

Tolse il sigaro dalla bocca, ne guardò l'estremità e notò filosoficamente:

«Sbattere con la fronte al muro non significa ancora aver studiato il muro.»

«Sì, sono d'accordo su questo. Ma per qualche motivo rimbalzo sempre sulla morale, come la palla sul muro...»

«Qui si vede l'insufficienza d'educazione!» sentenziò.

«Può essere senz'altro» convenni. «Il più inveterato moralista che ho conosciuto era mio nonno. Egli conosceva tutte le strade del paradiso e non faceva che spingere verso di esse chiunque gli capitasse sotto mano. La verità era nota solo a lui, ed egli la conficcava con zelo nella testa dei membri della sua famiglia. Sapeva benissimo tutto ciò che Dio vuole dall'uomo, e insegnava persino ai cani e ai gatti come bisogna comportarsi per raggiungere la beatitudine eterna. Con tutto ciò era avido, cattivo, mentiva sempre, si occupava di usura e, avendo la crudeltà del vigliacco – caratteristica dell'anima di tutti i moralisti nessuno escluso – nel tempo libero picchiava a piacimento i suoi familiari con cosa capitava e come voleva... Provai a influire sul nonno, desiderando renderlo più morbido: una volta buttai il vecchio dalla finestra, un'altra volta lo colpii con uno specchio. La finestra e lo specchio si ruppero, ma il nonno con ciò non divenne migliore. E morì da moralista. E a me da allora la morale sembra un po' ripugnante... Forse voi potete dire qualcosa che mi riappacifichi con essa?» gli proposi.

Estrasse l'orologio, lo guardò e disse:

«Non ho tempo per farvi una lezione! Ma visto che sono qui, fa lo stesso. Quel che è stato iniziato bisogna concluderlo. Forse potrete fare qualcosa per me... sarò breve...»

Socchiuse di nuovo gli occhi e iniziò a parlare in tono grave:

«La morale è indispensabile per voi, bisogna ricordarlo! Perché è indispensabile? Perché protegge la vostra tranquillità personale, i vostri diritti e la vostra proprietà; in altre parole, protegge gli interessi del "prossimo". "Il prossimo" siete sempre voi e nessun altro, capite? Se avete una bella moglie, voi dite a tutti coloro che vi circondano: "Non desiderare la donna d'altri." Se un uomo ha soldi, buoi, schiavi, asini, e non è un idiota, è un moralista. La morale è utile per voi, quando avete tutto ciò che vi occorre e desiderate conservare questo per voi stesso; essa è inutile, se non avete niente di superfluo, oltre ai capelli in testa.»

Si lisciò con la mano il cranio calvo e continuò:

«La morale è il custode dei vostri interessi, voi dovete cercare di inculcarla negli animi di coloro che vi circondano. Per le strade mettete poliziotti e spie, all'interno dell'uomo ficcate un intero ordine di principî, che devono crescere nel suo cervello e bloccare in lui, soffocare, annullare tutti i pensieri ostili nei vostri confronti, tutti i desiderî che minacciano i vostri diritti. La morale è sempre più severa laddove le contraddizioni economiche sono più evidenti. Quanti più soldi ho, tanto più rigido è il mio moralismo. Ecco perché in America, dove ci sono tanti ricchi, si professa da parte loro la morale con la forza di cento cavalli. Capìto?»

«Sì» dissi «ma a che scopo il dipartimento?»

«Attendete!» ribatté, sollevando la mano con gravità. «Così, la morale ha per scopo di fare in modo che tutti vi lascino in pace. Ma se avete molti soldi, avete molti desiderî e la completa possibilità di realizzarli, è così? Tuttavia, la maggior parte dei vostri desiderî non si può realizzare senza trasgredire i principî della morale... Come fare? Non si può predicare agli altri ciò che tu stesso neghi: ciò è scomodo, e gli altri possono non crederci. Non tutti sono stupidi... Ad esempio: siete seduto al ristorante, bevete champagne e baciate una donna molto bella, anche se non è vostra moglie... Dal punto di vista che voi considerate obbligatorio per tutti, occupazioni simili appaiono immorali. Ma per voi tale perdita di tempo è indispensabile: è una vostra cara abitudine, vi dà una massa di piaceri. E davanti a voi sorge una domanda: come conciliare la predica della continenza dai dolci vizi con il vostro amore per loro? Un altro esempio: voi dite a tutti "non rubare!" Infatti per voi sarà assai spiacevole se inizieranno a derubarvi, non è così? Ma allo stesso tempo, sebbene abbiate denaro, avete una gran voglia di rubarne ancora un po'. Terzo esempio: voi predicate severamente il principio "non uccidere!", poiché la vita vi è cara, è piacevole, piena di delizie. Un bel giorno, nelle vostre miniere di carbone gli operai chiedono un aumento di stipendio. Voi subito chiamate i soldati, e – bum! – alcune decine di operai vengono uccise. Oppure non avete dove vendere la merce. Riferite questo fatto al vostro governo e lo convincete ad aprire per voi un nuovo mercato. Il governo vi fa la cortesia d'inviare un piccolo esercito da qualche parte in Asia o in Africa e realizza il vostro desiderio, sterminando alcune centinaia o migliaia di indigeni. Tutto ciò si armonizza poco con la vostra predica di amore del prossimo, continenza e castità. Ma, massacrando gli operai o gli indigeni, potete giustificarvi adducendo gli interessi dello Stato, che non può esistere se gli uomini non iniziano a sottomettersi ai vostri interessi. Lo Stato siete voi, se siete un uomo ricco, s'intende. Per voi è molto più difficile nelle piccolezze, nella corruzione, nel furto, eccetera. Nel complesso la posizione dell'uomo ricco è una posizione tragica. Gli è indispensabile che tutti lo amino, che tutti si trattengano dall'attentare all'integrità dei suoi averi, che nessuno turbi le sue abitudini e che tutti si comportino castamente con sua moglie, sua sorella, le sue figlie. Allo stesso tempo, per lui non solo non è indispensabile amare gli altri, contenersi dal furto, comportarsi castamente con le donne eccetera: al contrario! Tutto ciò è solo di impaccio alla sua attività personale ed è molto nocivo al successo del suo lavoro. Tutta la sua vita è un furto continuo, egli rapina migliaia di individui, l'intero paese, ciò è indispensabile per la crescita del capitale, cioè per il progresso del paese, capite? Egli corrompe le donne a decine, è uno svago molto piacevole per una persona libera. E chi amare? l'umanità si divide per lui in due gruppi: uno egli lo deruba, l'altro è in concorrenza con lui in questa occupazione.»

Soddisfatto della sua conoscenza della questione, l'oratore sorrise e, buttando la cicca del sigaro in un angolo della stanza, continuò:

«Così: la morale è utile al ricco e nociva a tutti gli altri, ma allo stesso tempo non è necessaria a lui ed è indispensabile per tutti. Ecco perché i moralisti cercano di inculcare i principî della morale nella gente, ed essi invece li portano sempre all'esterno, come le cravatte e i guanti. Inoltre, come convincere le persone dell'indispensabilità per loro di sottomettersi alle leggi della morale? A nessuno è utile essere onesto in mezzo ai furfanti. Ma se è impossibile convincere, ipnotizzate! Questo riesce sempre...»

Fece cenno di sì col capo e, strizzandomi l'occhio, ripeté:

«Se è impossibile convincere, ipnotizzate!»

Poi mise la sua mano sul mio ginocchio e, abbassando la voce, continuò:

«Quanto vi dirò resti tra noi, va bene?»

Annuii.

«Il dipartimento in cui presto servizio si occupa di ipnosi dell'opinione pubblica. È una delle istituzioni più originali d'America, vi chiedo di tenerne conto!» disse con orgoglio.

Ancora una volta chinai la testa.

«Sapete che il nostro paese» disse «vive solo di una aspirazione, fare soldi. Qui tutti vogliono essere ricchi, e l'uomo per l'uomo è solo un materiale da cui si può sempre spremere qualche granello d'oro. E tutta la vita è un processo di spremitura di oro dalla carne e dal sangue dell'uomo. Il popolo, in questo paese come dappertutto, ho sentito, è un minerale da cui estraggono il metallo giallo, il progresso è la concentrazione dell'energia fisica delle masse, cioè la cristallizzazione in oro della carne, delle ossa e dei nervi dell'uomo. La vita è costruita con grande semplicità...»

«È la vostra opinione personale?» chiesi.

«Questa? No di certo!» disse con orgoglio. «È semplicemente la fantasia di qualcuno... Non ricordo come mi è venuta in testa... Me ne servo solo quando parlo con individui anormali... Vado avanti. La gente qui non ha tempo di occuparsi di vizi: non rimane tempo libero per questo. Le ore di lavoro intenso rinsecchiscono tanto le persone da togliere loro e le forze e il desiderio di peccare nell'ora di riposo; non hanno tempo per pensare, non hanno le forze per desiderare, vivono solo di lavoro, per il lavoro, e ciò rende la loro vita molto morale. Forse a volte, nelle feste, qualche ragazzo impicca un paio di negri, ma ciò non è contro la morale, perché il negro non è bianco, e inoltre qui ce ne sono molti, di questi negri. Tutti si comportano più o meno bene, e nel grigio sfondo comune di questa immobile vita, oppressa nelle strette cornici della vecchia morale puritana, ogni trasgressione dei suoi principî appare insolente, come una macchia di fuliggine. Ciò è buono, ma è opprimente.

Le classi superiori della società possono inorgoglirsi del comportamento di quelle inferiori, ma allo stesso tempo tale comportamento turba la libertà di azione dei ricchi. Essi hanno i soldi: significa che hanno il diritto di vivere come vogliono, senza fare i conti con la morale. I ricchi sono avidi, i sazi sono sensuali, i liberi sono viziosi. L'erbaccia cresce sul terreno più pingue, la corruzione sul terreno della sazietà. Che fare? Negare la morale? Questo è impossibile, poiché è stupido. Se ti conviene che gli uomini siano morali, sappi nascondere i tuoi vizi... Ecco tutto! In questo non c'è molta novità...»

Si guardò tutto intorno e abbassò ancora la voce.

«Ed ecco che i rappresentanti dell'alta società di New York ebbero un'idea straordinariamente felice. Essi decisero di istituire nel paese una società segreta per la trasgressione evidente delle leggi della morale. Fu raccolto, per mezzo di depositi, un solido capitale, e in diverse città del paese furono aperti – in segreto, s'intende – dipartimenti per l'ipnosi dell'opinione pubblica. Ingaggiarono diverse persone come il sottoscritto, vostro umile servo, e imposero loro l'obbligo di compiere delitti contro la morale. A capo di ogni dipartimento c'è qualcuno sicuro ed esperto, che guida le azioni degli impiegati e distribuisce i compiti... in genere è il redattore di qualche giornale.»

«Non comprendo gli scopi del dipartimento!» ripetei scoraggiato.

«È molto semplice!» rispose. «Vi ho già detto che le classi

inferiori, per mancanza di tempo, peccano poco. Ma è indispensabile che la moralità sia trasgredita: non bisogna infatti lasciarla come una zitella sterile. Bisogna invocare sempre la morale, questo assorda la società, non consentendole di ascoltare la verità. Se si butta nel fiume una massa di piccole assicelle, tra loro può, inavvertitamente per i vostri occhi, passare una grossa trave. Oppure, se voi avete estratto con poca prudenza il portafoglio dalla tasca del vostro vicino, ma siete tempestivi nel volgere l'attenzione del pubblico su un bambino che ha rubato una manciata di noci, questo vi può salvare dallo scandalo. Dovete soltanto gridare più forte: al ladro! Il nostro dipartimento si occupa di creare una massa di piccoli scandali per coprire i grossi delitti.»

Riprese fiato, si fermò in mezzo alla stanza e tacque.

«Per esempio, nella città si diffonde la notizia che una persona distinta e stimata picchia sua moglie. Subito il dipartimento incarica me e altri compagni di picchiare le nostre mogli. Noi le battiamo. Le mogli, naturalmente, sono devote alla causa e gridano molto forte. Di ciò scrivono tutti i giornali, e il rumore da loro sollevato fa dimenticare le voci riguardo ai rapporti della persona stimata con la propria moglie. Che significato hanno le voci, quando di fronte ci sono i fatti? Oppure: iniziano a parlare della corruzione dei senatori. Subito il dipartimento organizza una serie di corruzioni delle forze di polizia e smaschera la loro corruttibilità davanti al pubblico. Di nuovo le voci svaniscono davanti ai fatti. Qualcuno dell'alta società ha offeso una donna. Subito, nei ristoranti, per le strade, si determina una serie di offese alle donne. Il gesto del rappresentante dell'alta società scompare completamente nella serie di gesti similari.

E così sempre, in tutto. Il grosso furto viene coperto da un mucchio di piccoli furti, e nel complesso tutti i grossi delitti vengono soffocati da mucchi di sciocchezze. Ecco l'attività del dipartimento.»

Si avvicinò alla finestra, osservò attentamente la strada e

sedette di nuovo sulla sedia, continuando a bassa voce:

«Il dipartimento protegge la classe superiore della società americana dal giudizio del popolo, e allo stesso tempo, con grida continue sulla trasgressione delle leggi della morale, riempie la testa del popolo di piccoli scandali organizzati per coprire le depravazioni dei ricchi. Il popolo si trova sempre nella condizione di ipnosi, non ha tempo di pensare con la propria testa, e ascolta solo i giornali. I giornali appartengono ai milionari, il dipartimento è organizzato da loro stessi... Capite? È molto originale...»

Tacque, rifletté, piegando in basso la testa.

«Vi ringrazio!» gli dissi. «Mi avete comunicato molte cose interessanti.»

Sollevò il capo e mi guardò con tristezza.

«S-sì, è interessante, è vero!» pronunciò, lento e pensoso. «Ma questo ormai mi stanca. Io ho famiglia, tre anni fa mi sono costruito una casa... vorrei riposare un poco. È un affare difficile, il mio lavoro. Sostenere nella società il rispetto per le leggi della morale, oh! davvero non è facile! Pensate, l'alcol mi fa male, ma devo ubriacarmi, amo mia moglie e la vita tranquilla in famiglia e devo andare nei ristoranti, scandalizzare... e vedermi di continuo sui giornali... sotto altro nome, certo, ma tuttavia... prima o poi si scoprirà il mio nome, e allora... bisognerà andarsene dalla città... Ho bisogno di un consiglio... Sono venuto da voi a conoscere la vostra opinione riguardo al mio affare... un affare molto ingarbugliato!»

«Dite!» gli proposi.

«Vedete» iniziò «nell'ultimo periodo alcuni tra i rappresentanti delle classi superiori della società negli Stati del Sud si prendono per amanti ragazze negre... Due o tre alla volta. Si è iniziato a parlare di questo. Le mogli sono insoddisfatte del comportamento dei mariti. Ad alcuni giornali sono pervenute lettere di mogli con la rivelazione dell'attività dei loro mariti. È possibile un grosso scandalo. Subito il dipartimento ha preso a organizzare una serie di "controfatti", come si chiamano tra noi. Tredici agenti – tra cui io – devono subito prendersi delle amanti negre. Due e anche tre alla volta...»

Balzò con uno scatto dalla sedia e, accostando la mano alla tasca della finanziera, dichiarò:

«Non posso fare questo! Amo mia moglie... e lei non me lo consentirà, ecco la cosa fondamentale! Infine: se fosse una!»

«Rifiutate!» gli consigliai.

Mi guardò con compatimento.

«E chi mi pagherà cinquanta dollari la settimana? E il premio in caso di successo? No, questo consiglio tenetelo per voi... Un Americano non rinuncia ai soldi neanche il giorno dopo la sua morte. Consigliatemi qualcos'altro.»

«Mi è difficile!» dissi.

«Hmm! Perché difficile? Voi Europei siete molto leggeri nelle questioni di moralità... la vostra depravazione ci è nota!»

Lo disse con una gran sicurezza della verità delle sue parole.

«Ecco» continuò, piegandosi verso di me «senza dubbio avete dei conoscenti europei. Sono sicuro che ne avete!»

«Perché?» chiesi.

«Perché?» Si allontanò un passo da me e si mise in una posa teatrale. «Io non posso assolutamente accollarmi un affare con le negre. Giudicate voi stesso: mia moglie non me lo consente e io l'amo. No, non posso...»

Scosse più volte la testa, si passò la mano sulla calvizie e continuò con voce insinuante:

«Forse, voi potreste raccomandarmi un Europeo per questo affare! Essi negano la moralità, non se ne curano! Qualche povero emigrante, eh? Pago dieci dollari la settimana, va bene? Andrò io stesso per le strade con le negre... nel complesso farò tutto io stesso, egli si deve solo occupare di far nascere dei bambini... Questa questione bisogna risolverla stasera stessa... Pensate quale scandalo può scoppiare, se quest'affare negli Stati del Sud non viene caricato alla svelta con un ciarpame diverso! Nell'interesse del trionfo della moralità è indispensabile far presto...»

... Quando corse via dalla stanza, mi avvicinai alla finestra e accostai al vetro, per raffreddarla, la mano che mi ero ammaccata contro il suo cranio.

Egli stava sotto la finestra e mi faceva dei segni.

«Che volete?» chiesi aprendo la finestra.

«Ho dimenticato di prendere il cappello!» rispose mogio mogio.

Preso il tubino da terra, lo buttai in strada. E chiudendo la finestra, udii l'ultima:

«E se dessi quindici dollari la settimana? È una buona paga!»

I padroni della vita

«Venite con me alle fonti della verità!» mi disse ridendo il Diavolo, e mi portò al cimitero.

E mentre mi aggiravo passo passo con lui per le strette stradine in mezzo alle vecchie pietre e alle lastre di ghisa delle tombe, parlava con la voce affaticata del vecchio professore annoiato della sterile predica della sua saggezza.

«Sotto i tuoi piedi» mi diceva «giacciono i creatori delle leggi che ti guidano, tu calpesti con la suola dello stivale le ceneri dei falegnami e dei fabbri che hanno costruito la gabbia per la belva dentro di te.»

Rideva di questo riso carico di disprezzo per l'umanità, inondando l'erba delle tombe e la muffa dei monumenti con il riverbero verdastro dei freddi occhi malinconici. La terra pingue dei morti si attaccava ai miei piedi in pesanti zolle, ed era difficile camminare per i sentieri, in mezzo ai monumenti sulle tombe della saggezza della vita.

«Che fai, uomo, non ti inchini riconoscente alle ceneri di coloro che hanno creato la tua anima?» chiedeva il Diavolo con una voce simile al secco soffio del vento autunnale, e la sua voce suscitava un brivido nel mio corpo e nel mio cuore, pieno di agitazione malinconica. In silenzio ondeggiavano i rami tristi degli alberi sulle vecchie tombe, sfiorando, freddi e umidi, il mio viso.

«Rendi merito ai falsari! Sono loro che hanno generato nuvole di piccoli, grigi pensieri, la moneta spiccia della tua mente, hanno creato le tue abitudini, i pregiudizi e tutto ciò di cui vivi. Ringraziali: hai un'enorme eredità dai morti!»

Foglie gialle cadevano lente sulla mia testa e si posavano sotto i piedi. La terra del cimitero schioccava avida, inghiottendo il fresco cibo: le foglie morte dei giorni autunnali.

«Qui giace il sarto che vestiva le anime dei vivi con i pesanti, grigi paramenti dei pregiudizi, vuoi vederlo?»

Annuii in silenzio. Il Diavolo colpì con il piede la vecchia lastra rósa dalla ruggine su una delle tombe, la colpì e disse:

«Ehi, bibliofilo! Alzati...»

La lastra si sollevò e, sospirando del denso sospiro del lordume agitato, si aprì una tomba non profonda, come un portamonete putrefatto. Nella sua umida oscurità risuonò una voce burbera:

«Chi sveglia i morti dopo la mezzanotte?»

«Vedi?» chiese ridendo il Diavolo. «I creatori delle leggi della vita sono fedeli a se stessi anche quando sono marciti.»

«Ah, siete voi, Signore!» disse lo scheletro, sedendosi sull'orlo della tomba, e fece al Diavolo un cenno disinvolto con il cranio vuoto.

«Sì, sono io!» rispose il Diavolo. «Ecco che ti ho portato un mio amico... Si è istupidito tra gli uomini a cui tu hai insegnato la saggezza, e adesso è venuto alla sua fonte originaria, per guarire dal contagio.»

Guardai il saggio con il dovuto rispetto. Sulle ossa del suo cranio non c'era più carne, ma l'espressione di soddisfazione ancora non era riuscita a putrefarsi sul suo vólto. Ogni osso aveva il pallore lucente della consapevolezza della sua appartenenza a un sistema di ossa assolutamente perfetto, unico nel suo genere...

«Cosa hai fatto sulla terra, raccontaci!» propose il Diavolo.

Il morto, grave e orgoglioso, aggiustò con le ossa delle mani gli scuri brandelli del lenzuolo funebre e della carne, miseramente appesi alle sue costole. Poi sollevò con fierezza le ossa del braccio destro al livello della spalla e, indicando con la nuda nocca del dito l'oscurità del cimitero, iniziò a parlare in maniera impassibile e uguale:

«Ho scritto dieci grandi libri, che ispirarono agli uomini la grande idea del predominio della razza bianca su quella colorata...»

«Tradotto nella lingua della verità» disse il Diavolo «ciò significa: io, sterile zitella, per tutta la vita con l'ago spuntato della mia mente ho sferruzzato, da vecchi fili di lana di idee trite, dei berretti da buffoni per coloro che amano tenere il loro cranio in pace e al caldo...»

«Non avete paura di offenderlo?» sussurrai al Diavolo.

«Oh!» esclamò. «Anche in vita i saggi ascoltano poco la verità.»

«Solo la razza bianca» continuava il saggio «poteva creare una civiltà così complessa ed elaborare dei principî così severi di moralità; essa è obbligata a ciò dal colore della sua pelle, dalla composizione chimica del sangue, cosa che ho dimostrato...»

«Egli lo ha dimostrato!» ripeté il Diavolo, facendo un cenno affermativo con la testa. «Non c'è barbaro, come l'Europeo, più sicuro del suo diritto di essere crudele...»

«La cristianità e l'umanesimo sono stati creati dai bianchi» continuava il morto.

«Dalla razza degli angeli, a cui deve appartenere tutta la terra» lo interruppe il Diavolo. «Ecco perché con così tanto zelo essi la dipingono del loro colore preferito: il colore rosso del sangue...»

«Essi hanno creato una letteratura ricchissima, una tecnica mirabile» considerava il morto, muovendo le ossa delle dita...

«Una trentina di buoni libri e una quantità innumerevole di armi per lo sterminio dell'umanità...» spiegò il Diavolo, ridendo. «Dov'è più frantumata la vita che in mezzo a questa razza, e dove l'uomo è gettato così in basso come in mezzo ai bianchi?»

«Forse, il Diavolo non sempre ha ragione?» chiesi.

«L'arte degli Europei ha raggiunto un'altezza incommensurabile» borbottò lo scheletro, secco e annoiato.

«Forse il Diavolo vorrebbe sbagliarsi!» esclamò il mio compagno. «È noioso aver sempre ragione. Ma gli esseri umani vivono solo per alimentare il mio disprezzo... La semina dei chicchi dello squallore e della menzogna dà il raccolto più ricco sulla terra. Ecco che il seminatore è davanti a voi. Come tutti costoro, non ha generato qualcosa di vivo, ha solo resuscitato i cadaveri di vecchi pregiudizi, rivestendoli di nuove parole... Cosa è stato fatto sulla terra? Sono stati costruiti palazzi per pochi, chiese e fabbriche per la maggioranza. Nelle chiese uccidono le anime, nelle fabbriche i corpi, affinché i palazzi stiano incrollabili... Mandano la gente nelle viscere della terra a cercare carbone e oro, e pagano la fatica ignominiosa con un pezzo di pane condito con piombo e ferro.»

«Voi siete un socialista?» chiesi al Diavolo.

«Io voglio l'armonia!» rispose. «Sono disgustato quando frantumano in pezzi minuscoli l'uomo, un essere intero per sua natura, fanno di lui uno strumento per l'avida mano di un altro. Io non voglio un servo, la servitù è contraria alla mia anima... E per questo mi hanno buttato giù dal cielo. Dove ci sono le autorità, lì è inevitabile la servitù spirituale, lì fiorirà sempre rigogliosa la muffa della menzogna... Che la terra viva tutta! Che arda tutta tutto il giorno, anche se di notte ne rimanesse solo polvere. È indispensabile che una volta tutti gli uomini si innamorino... L'amore, come un sogno fantastico, viene solo una volta, ma in quest'unica volta c'è tutto il senso dell'essere...»

Lo scheletro stava in piedi, appoggiato alla pietra nera, e il vento spirava silenzioso nella gabbia vuota delle sue costole.

«Sicuramente ha freddo ed è a disagio!» dissi al Diavolo.

«Mi è piacevole vedere uno scienziato che si è liberato da ogni cosa superflua. Il suo scheletro è lo scheletro della sua idea... Io vedo come era originale... Accanto a lui giacciono i resti di un altro seminatore di verità. Svegliamo anche lui. In vita tutti amano la pace e lavorano per creare le norme per i pensieri, per il sentimento, per la vita: alterano le idee appena nate e le rendono comode piccole bare per loro. Ma morendo vogliono che non ci si dimentichi di loro... Komprachikos, alzatevi! Ecco che vi ho portato un uomo che ha bisogno di una bara per il suo pensiero.»

E di nuovo apparve davanti a me dalla terra un vuoto e nudo cranio, sdentato, giallo, ma tuttavia rilucente di autocompiacimento. Evidentemente giaceva già da tempo nella terra – le sue ossa erano prive di carne. Si era alzato sulla pietra della sua tomba, e le costole si disegnavano sulla pietra nera come galloni sull'uniforme di un cameriere reale.

«Dove conserva le sue idee?» chiesi.

«Nelle ossa, amico mio, nelle ossa! In essi le idee, come i reumatismi e la podagra, penetrano a fondo nelle costole.»

«Come va il mio libro, Signore?» chiese con voce sorda lo scheletro.

«È ancora negli scaffali, professore!» rispose il Diavolo.

«Cosa c'è, forse la gente ha disimparato a leggere?» chiese il professore dopo averci riflettuto.

«No, le sciocchezze le leggono come prima, assai volentieri... ma la stupidità è noiosa: a volte deve attendere molto che qualcuno se ne interessi... Il professore» si rivolse a me il Diavolo «per tutta la vita ha misurato i crani delle donne, per dimostrare che la donna non è una persona. Ha misurato centinaia di crani, contato denti, misurato orecchie, soppesato cervelli morti. Il lavoro con il cervello morto era il lavoro preferito dal professore, di ciò testimoniano tutti i suoi libri. Li avete letti?»

«Non vado in chiesa passando dalle bettole» risposi. «E non so studiare l'umanità attraverso i libri; in essi gli uomini sono sempre frazioni, e io conosco poco l'aritmetica. Ma penso che un essere umano senza barba e con la gonna non sia migliore e non sia peggiore di quello con barba, calzoni e baffi...»

«Sì» disse il Diavolo «lo squallore e la stupidità irrompono nei cervelli indipendentemente dall'abito e dalla quantità dei capelli in testa. Ma tuttavia la questione della donna è posta in maniera interessante.»

E il Diavolo, come al solito, si mise a ridere. Ride sempre, ecco perché con lui è piacevole conversare. Chi sa e può ridere in un cimitero, credetemi! ama la vita e gli esseri umani...

«Alcuni, a cui la donna è indispensabile solo come moglie e come serva, affermano che ella non è una persona!» continuò. «Altri, senza rifiutarsi di usarla come donna, vorrebbero sfruttare al massimo la sua energia lavorativa e affermano che essa è del tutto idonea a lavorare dappertutto allo stesso modo dell'uomo, cioè per lui. Naturalmente, sia gli uni che gli altri, dopo aver violentato una ragazza, non la lasciano entrare nella loro società: sono convinti che dopo il loro contatto con lei ella diventa sporca per sempre... No, la questione femminile è molto divertente! Mi piace quando le persone mentono con candore: allora sono simili a bambini, e c'è la speranza che con il tempo cresceranno...»

Dal viso del Diavolo era evidente che egli non voleva dire niente di lusinghiero sull'umanità nel futuro. Ma io stesso posso dire di essa molte cose poco lusinghiere nel presente e, non desiderando che il Diavolo concorresse con me in questa piacevole e facile occupazione, interruppi il suo discorso:

«Dicono che dove il demonio non riesce, arriva la donna, è vero?»

Strinse le spalle e rispose:

«Accade... se non c'è a portata di mano un uomo abbastanza intelligente e perfido...»

«Chissà perché mi sembra che voi vi siate disamorato del male» osservai.

«Non c'è più il male!» rispose sospirando. «C'è solo lo squallore! Un tempo il male era una bella forza. Adesso invece... persino se si uccide lo si fa in modo squallido, legando prima le mani alle vittime. Non ci sono scellerati, sono rimasti i boia. Il boia è sempre un servo. È una mano e un'ascia, portate al movimento dalla forza della paura, dagli impulsi del timore... Uccidono coloro di cui hanno paura...»

Accanto c'erano due scheletri sulle loro tombe, e sulle loro ossa cadevano silenziose le foglie autunnali. Il vento giocava malinconico sulle corde delle loro costole e ululava nel vuoto dei crani. L'oscurità, umida e odorosa, guardava dalle profonde cavità degli occhi. Rabbrividirono entrambi. Ebbi pena per loro.

«Che vadano al loro posto!» dissi al Diavolo.

«Sei umanista anche al cimitero!» esclamò. «È così. L'umanesimo è più appropriato tra i cadaveri: qui non offende nessuno. Nelle fabbriche, nelle piazze e nelle strade delle città, nelle carceri e nelle miniere, tra le persone vive, l'umanesimo è ridicolo e può persino suscitare odio. Qui nessuno ne ride: i morti sono sempre seri. E io sono sicuro che per loro è piacevole sentir parlare di umanesimo: questo è il loro figlio nato morto... E tuttavia non erano idioti quelli che volevano mettere sulla scena della vita queste belle quinte, per nascondere dietro di loro l'oscuro terrore della tortura, la fredda crudeltà del gruppetto dei forti... con la forza della stupidità di tutti...»

E il Diavolo si mise a ridere del riso brusco della verità sinistra.

Nel cielo scuro tremolavano le stelle, le pietre nere stavano immobili sulle tombe del passato. Ma il suo odore putrido filtrava attraverso la terra, e il vento portava via il respiro dei morti nelle assonnate vie della città abbracciata dal silenzio della notte.

«Qui giacciono non pochi umanisti» continuava il Diavolo, indicando con un ampio gesto le tombe intorno a sé. «Alcuni di loro erano anche sinceri... nella vita c'è una moltitudine di equivoci divertenti e, forse, questa non è la cosa più ridicola... Ma accanto a loro, amichevoli e pacifici, giacciono i maestri di vita di un altro tipo, quelli che cercarono di dare solide fondamenta al vecchio edificio della menzogna, eretto con tanta minuzia, con tanta fatica da migliaia di migliaia di morti...»

Da qualche parte in lontananza arrivarono i suoni di una canzone... Due, tre gridi allegri volarono sussultando sul cimitero. Evidentemente, qualche fannullone andava spensierato nell'oscurità verso la sua tomba.

«Ecco che sotto questa pesante pietra marciscono orgogliose le ceneri di un saggio che insegnava che la società è un organismo simile a... una scimmia o a un maiale, non ricordo. Ciò vale per coloro che vogliono considerarsi i cervelli dell'organismo! Quasi tutti i politici e i capi delle bande di ladri sono seguaci di questa teoria. Se io sono il cervello, muovo le mani come voglio, e so sempre reprimere l'istintiva contrapposizione dei muscoli al mio potere, sì! E qui giacciono le ceneri di colui che voleva riportare gli uomini al tempo in cui andavano a quattro zampe e si nutrivano di vermi. "Erano i più felici giorni della vita", dimostrava zelante. Camminare su due gambe, con indosso una buona finanziera, e consigliare agli uomini di coprirsi di nuovo di pelo: non è originale? Leggere versi, ascoltare musica, andare ai musei, spostarsi in un giorno per centinaia di verste e predicare per tutti la vita semplice nei boschi, a quattro zampe: davvero, non è male! E questo tranquillizzava gli individui e giustificava la loro vita con ciò che mostrava: colpevoli non sono gli uomini, essi sono una volontà malata, un particolare tipo antisociale. Essi sono, per natura, nemici delle leggi e della morale, dunque con loro non vale la pena fare cerimonie. Dai delitti guarisce solo la morte. Ciò è intelligente! Riversare su uno i delitti di tutti, riconoscendolo in anticipo come ricettacolo del vizio e portatore organico della cattiva volontà, forse è stupido? Nella vita c'è sempre qualcuno che giustifica la costruzione mostruosa della vita, che deforma l'anima. I saggi, anche quando si soffiano il naso, lo fanno non senza senso. Sì, i cimiteri sono ricchi di idee per una migliore costruzione della vita delle città...»

Il Diavolo si guardò intorno. La chiesa, bianca come il dito dello scheletro di un gigante, si ergeva silenziosa dal campo fertilizzato dai morti al cielo scuro, campo muto delle stelle. La fitta folla delle pietre sulle fonti della saggezza, vestita di paramenti di muffa, circondava questo fumaiolo, che diffondeva per i deserti dell'universo il fumo acre delle lagnanze e delle preghiere umane. Il vento, impregnato dell'odore grasso della decomposizione, faceva ondeggiare silenzioso i rami degli alberi, staccando le foglie morte. Ed esse cadevano senza rumore sulle dimore dei costruttori della vita...

«Noi creeremo ora una piccola parata di morti, a imitazione del Giudizio Universale!» diceva il Diavolo, camminando davanti a me per il sentiero tortuoso, tra colline e pietre. «Tu sai che ci sarà il Giudizio Universale! Sarà sulla terra, e quel giorno sarà il suo giorno migliore! Quel giorno verrà quando gli uomini riconosceranno tutti i delitti compiuti contro di loro dai maestri e dai legislatori della vita, da coloro che hanno stracciato l'uomo in minuscoli pezzi di carne e di ossa senza senso. Tutti quelli che vivono adesso sotto il nome di persona sono solo pezzi; la persona intera non è ancora stata creata. Sorgerà dalla cenere dell'esperienza vissuta dal mondo e, ingoiando l'esperienza del mondo, come il mare i raggi del sole, arderà sulla terra, come il sole. Io lo vedrò! Poiché io creo l'uomo, io lo creerò!»

Il vecchio si vantava un poco e cadde in un lirismo inappropriato per un demonio. Glielo perdonai. Cosa fare? La vita contamina anche il Diavolo, inacidendo con i suoi veleni la sua anima rigidamente legnosa. Inoltre, tutti hanno testa rotonda ma pensieri spigolosi, e ognuno, guardandosi allo specchio, si vede bello.

Fermandosi in mezzo alle tombe, il Diavolo gridò con la voce del padrone:

«Chi tra di voi è una persona saggia e onorata?»

Ci fu un momento di silenzio, poi d'un tratto la terra si agitò sotto i miei piedi, e fu come se cumuli di neve sporca coprissero i sepolcri. Era come se migliaia di fulmini la scavassero dall'interno o nei suoi visceri si rivoltasse convulso un mostro gigantesco.

Tutto intorno cominciò a fiorire di un colore giallo-sporco; dappertutto, come steli di erbe secche al vento, cominciarono a oscillare gli scheletri, riempiendo il silenzio con l'attrito delle ossa e dei secchi urti delle articolazioni l'una contro l'altra e contro le piastre delle tombe. Spingendosi l'un l'altro, gli scheletri spuntavano sulle pietre, dappertutto brillavano i teschi, simili a soffioni, la rete compatta delle costole mi circondava come una fitta gabbia, le tibie tremavano sotto il peso delle ossa mostruosamente spalancate del bacino, e ogni cosa intorno spumeggiava di muta vanità...

Il freddo riso del Diavolo coprì i suoni indistinti.

«Guarda: sono spuntati tutti, tutti quanti!» disse. «E persino gli scemi della città sono tra loro! La terra ha vomitato, ed ecco che ha eruttato dalle sue viscere la morta saggezza degli uomini...»

Il rumore umido crebbe velocemente – sembrava che qualche mano invisibile razzolasse avida nell'immondizia zuppa, spazzata dal netturbino in un angolo dell'aia.

«Ecco quante persone erano onorate e sagge in vita!» esclamò il Diavolo, spiegando le sue ampie ali sulle migliaia di relitti che lo stringevano da tutte le parti.

«Chi di voi più di tutti ha fatto del bene agli uomini?» chiese ad alta voce.

Ogni cosa intorno sfriggeva, simile a funghi quando li cuociono nella panna acida in una grande padella.

«Consentitemi di passare avanti!» gridò con voce triste qualcuno.

«Sono io, Signore, sono qui! Sono io che ho dimostrato che l'unità è zero nella somma della società!»

«Io sono andato oltre!» si obiettava da lontano. «Io ho insegnato che tutta la società è una somma di zeri, e perciò le masse devono sottomettersi alla volontà dei gruppi.»

«E alla testa dei gruppi c'è un solo capo, e quello sono io!» gridò qualcuno trionfante.

«Perché voi!» risuonarono alcune voci tremanti.

«Mio zio era re!»

«Ah, allo zio di vostra altezza tagliarono la testa prima del tempo?»

«I re perdono la testa sempre al tempo giusto!» risposero orgogliose le ossa del successore delle ossa che un tempo sedevano sul trono.

«Ooh!» risuonò un sussurro soddisfatto. «Tra noi c'è un re! Non lo si trova in ogni cimitero...»

Gli umidi sussurri e l'attrito delle ossa si mescolavano in un'unica nuvola che diventava sempre più densa, pesante.

«Ditemi, è vero che le ossa dei re sono di colore blu?» chiese rapido un piccolo scheletro con la colonna vertebrale curva.

«Consentitemi di dirvi...» iniziò grave uno scheletro che sedeva in alto su un monumento.

«Il miglior cerotto per calli è il mio!» gridò qualcuno dietro di lui.

«Io sono proprio l'architetto...»

Ma uno scheletro tozzo e bassino, facendosi largo tra tutti con le piccole ossa delle mani, gridava, coprendo lo stormire di voci morte:

«Fratelli in Cristo! Non sono io il vostro medico spirituale, non ho guarito io con il cerotto della mite consolazione i calli delle vostre anime, indurite dai dolori della vostra vita?»

«Non ci sono sofferenze!» obiettò qualcuno irritato. «Tutto accade solo nell'immaginazione.»

«...Quell'architetto che ha inventato le porte basse...»

«E io la carta per lo sterminio delle mosche!...»

«...affinché le persone, entrando in casa, pieghino, anche senza volerlo, la testa davanti al loro padrone...» risuonava una voce importuna.

«Non appartiene a me il primato, fratelli? Io ho abbeverato le vostre anime, che agognavano l'oblio delle sofferenze, con il latte e il miele delle mie riflessioni sulla vanità di tutto quanto è terreno!»

«Tutto ciò che esiste è stabilito una volta per tutte!» ronzò una voce sorda.

Uno scheletro con una sola gamba, seduto su una pietra grigia, sollevò la tibia, la allungò e chissà perché gridò:

«È così, s'intende!»

Il cimitero si trasformò in un mercato, dove ognuno vantava la sua merce.

Nell'oscuro deserto della notte silenziosa si mescolavano il torbido fiume dei gridi smorzati e il flusso della sporca vanteria, del soffocante amor proprio. Come se una nube di zanzare si aggirasse su uno stagno putrescente e cantasse, si lamentasse e ronzasse, riempiendo l'aria di tutti i tossici, di tutti i veleni delle tombe. I morti si affollavano intorno al Diavolo, fissando sul suo viso le scure orbite e i denti serrati, come se egli fosse un acquirente di antiquariato. Pensieri morti risorgevano uno dietro l'altro e volteggiavano nell'aria, come tristi foglie d'autunno.

Il Diavolo guardava questo ribollire di occhi verdi, e il suo sguardo riversava nei mucchi di ossa una luce fredda che brillava fosforescente.

Uno scheletro, che sedeva ai suoi piedi, diceva, sollevando le ossa della mano sopra il cranio e agitandole adagio nell'aria:

«Ogni donna deve appartenere a un solo uomo...»

Ma nel suo bisbiglio si intrecciava un altro suono, le parole del suo discorso si abbracciavano stranamente con altre parole:

«Solo i morti conoscono la verità!...»

E volteggiavano lente altre parole:

«Il padre, dicevo, è simile al ragno...»

«La nostra vita sulla terra è un caos di errori e buio pesto!»

«Sono stato sposato tre volte, e tutte e tre le volte legalmente...»

«...Tutta la vita esso tesse instancabile la ragnatela del benessere della famiglia.»

«...e ogni volta con una sola donna...»

E da qualche parte apparve d'un tratto uno scheletro che cigolava e strideva con le sue ossa gialle e spugnose. Alzò agli occhi del Diavolo il suo viso semidisfatto e dichiarò:

«Sono morto di sifilide, sì! Ma tuttavia rispettavo la morale! Quando mia moglie mi lasciò, io stesso sottoposi la sua mascalzonata al tribunale della legge e della società...»

Ma lo allontanarono, lo pigiarono con le ossa, e di nuovo, come l'urlo silenzioso del vento in un tubo, risuonarono voci mescolate:

«Io ho inventato la sedia elettrica, che uccide senza sofferenze.»

«Dall'oltretomba, ho tranquillizzato gli uomini, vi attende la beatitudine eterna...»

«...Il padre dà ai figli la vita e il cibo... l'uomo diventa tale dopo che è diventato padre, e fino ad allora è solo un membro della famiglia...»

Un cranio simile a un uovo, con ancora brandelli di carne sul viso, diceva tra le teste degli altri:

«Io ho dimostrato che l'arte deve sottostare al complesso di opinioni e di visioni, di abitudini ed esigenze della società...»

Un altro scheletro, seduto in alto su un monumento che raffigurava un albero spezzato, obiettava:

«La libertà può esistere solo come anarchia!»

«...L'arte è una piacevole medicina per l'anima stanca della vita e del lavoro...»

«Sono io che ho affermato che la vita è lavoro!» giungeva da lontano.

«Che il libro sia bello, come quelle scatoline con le pillole che danno nelle farmacie...»

«...Tutti devono lavorare, alcuni sono tenuti a sorvegliare il lavoro... dei suoi frutti si serve chiunque sia predestinato per questo dai suoi meriti e servizi...»

«...Bella e umanitaria dev'essere l'arte... Quando sono stanco, essa mi canta i canti del riposo...»

«Io invece» prese a parlare il Diavolo «amo l'arte libera, che non serve altro dio che la dea della bellezza. Soprattutto l'amo quando essa, come un giovane casto, che sogna la bellezza mortale, tutto pieno della sete di godere di essa, strappa i vestiti variopinti dal corpo della vita... ed essa appare davanti a lui come una vecchia depravata, tutta rughe e piaghe sulla pelle logora. Il folle sdegno, l'angoscia della bellezza e l'odio per la palude stagnante della vita: è questo che amo nell'arte... Gli amici del buon poeta sono la donna e il demonio...»

Da una campana si staccò un grido mesto di rame e nuotò sulla città dei morti, oscillando invisibile e dolce nell'oscurità, come un grande uccello dalle ali trasparenti... Evidentemente, con mano insicura e pigra il guardiano assonnato aveva tirato senza energia la corda della campana. Il suono di rame si sciolse nell'aria e morì. Ma prima che si spegnesse il suo ultimo tremito, echeggiò un nuovo brusco suono della campana notturna del risveglio. L'aria soffocante oscillava in silenzio, e attraverso il triste brontolare del rame tremolante filtrava il fruscio delle ossa, il sussurrare delle voci secche.

E di nuovo sentii i noiosi discorsi della stupidità molesta, le parole attaccaticce del morto squallore, il parlare sfacciato della menzogna trionfante, il mormorio irritato della presunzione. Si animavano tutti i pensieri di cui vive la gente nelle città, ma non ce n'era neanche uno di cui poter andare fieri. Risuonavano tutte le catene arrugginite con cui è incatenata l'anima della vita, ma non si accese neanche uno dei lampi che illuminano d'orgoglio l'oscurità dell'anima dell'uomo.

«Dove sono gli eroi?» chiesi al Diavolo.

«Essi sono modesti, e le loro tombe sono abbandonate. In vita erano soffocati, e nel cimitero sono schiacciati dalle ossa morte!» rispose, scuotendo le ali per cacciare l'odore grasso di putrefazione che ci circondava come una scura nube, in cui brulicavano come vermi i monotoni capelli grigi dei morti.

Un calzolaio diceva che egli, primo fra tutti nella sua officina, aveva il diritto alla gratitudine dei posteri: era lui che aveva inventato gli stivali con le punte strette. Uno studioso che aveva descritto nel suo libro mille diversi ragni, affermava di essere un altissimo scienziato. L'inventore del latte artificiale si lagnava irritato, scacciando da sé l'inventore del cannone a tiro rapido, che spiegava a tutti, con insistenza, l'utilità del suo lavoro per il mondo. Migliaia di sottili e umide funicelle legavano il cervello, ficcandosi in esso come serpenti. E tutti i morti, di qualunque cosa parlassero, si esprimevano come severi moralisti, come carcerieri della vita, innamorati dei loro affari.

«Basta!» disse il Diavolo. «Ne ho abbastanza... Ne ho abbastanza di tutti i morti nei cimiteri e nelle città, cimiteri per i vivi... Voi, guardiani della verità! Nelle tombe!...»

Gridò con la voce di ferro del padrone a cui ripugna il suo potere.

Allora la massa grigia e gialla delle ceneri cominciò improvvisamente a sfriggere, si voltolò e bollì come polvere sotto il colpo del turbine. La terra aprì migliaia di fauci scure e, schioccando pigra come un maiale sazio, inghiottì di nuovo il suo cibo vomitato, per ridigerirlo... Tutto all'improvviso sparì, le pietre cominciarono a vacillare e si alzarono di nuovo salde ai loro posti. Rimase solo un odore soffocante, che afferrava la gola con mano pesante e umida.

Il Diavolo sedette su una delle tombe, e poggiando i gomiti sulle ginocchia si prese la testa con le lunghe dita delle mani nere. I suoi occhi si fermarono immobili nella lontananza oscura, nella folla delle pietre e delle tombe... Sopra la sua testa ardevano le stelle, nel cielo rischiarato i suoni di rame della campana nuotavano in silenzio e risvegliavano la notte.

«Hai visto?» mi disse. «Sul suolo instabile, avvelenato e tenace di tutta questa stupida muffa, di questa facile menzogna e di questo squallore appiccicoso, è stato costruito l'edificio fitto e oscuro delle leggi della vita, la gabbia in cui voi tutti siete stati ficcati dai defunti, come pecore... La pigrizia e la vigliaccheria del pensiero stringono con cerchi flessibili la vostra prigione. I veri padroni della vostra vita sono sempre i morti, e sebbene vi comandino persone vive, esse sono ispirate dai defunti. Le fonti della saggezza della vita sono i sepolcri. Io dico: il vostro buon senso è un fiore coltivato con i succhi dei cadaveri. Putrefacendosi velocemente nella terra, il defunto vuole esistere in eterno nell'anima dei vivi. La cenere sottile e secca dei pensieri morti passa liberamente nel cervello dei vivi, ed ecco perché i vostri predicatori della saggezza sono sempre predicatori della morte dell'anima!»

Il Diavolo sollevò la testa, e i suoi occhi verdi si fermarono sul mio viso come due stelle fredde.

«Cosa si predica ad alta voce più di tutto sulla terra, cosa si vuole affermare per l'eternità? La frantumazione della vita. La legittimità delle diverse posizioni e l'indispensabile unità delle anime. L'uniformità quadrata di tutte le anime, affinché si possa a bell'agio disporre le persone, come mattoni, in tutte le figure geometriche, comode per alcuni padroni della vita. Questa predica ipocrita della conciliazione del sentimento amaro degli asserviti con la crudele e falsa volontà della mente degli oppressori è evocata dal turpe desiderio di uccidere lo spirito creativo della protesta; questa predica è solo un'abietta aspirazione a costruire dalle pietre della menzogna una cripta per la libertà dello spirito...»

Albeggiava. E nel cielo, che impallidiva in attesa del sole, brillavano in silenzio le stelle. Ma sempre più chiari ardevano gli occhi del Diavolo.

«Cosa bisogna predicare per una vita bella e integra? L'uniformità delle posizioni per tutti gli uomini e la diversità di tutte le anime. Allora la vita sarà un mazzo di fiori uniti nella radice del rispetto di tutti per la libertà di ognuno, allora sarà un fuoco che arderà sul terreno del sentimento comune a tutti dell'amicizia e dell'aspirazione comune a sollevarsi più in alto... Allora i pensieri combatteranno, ma gli uomini resteranno compagni. È impossibile? Questo deve essere, perché ancora non è stato!»

«Ecco che fa giorno!» continuava il Diavolo, guardando a Oriente. «Ma a chi porterà gioia il sole, se la notte dorme proprio nel cuore dell'uomo? Gli uomini non hanno tempo di percepire il sole, la maggioranza vuole solo il pane, alcuni sono occupati a darne se possibile di meno, altri camminano solitari nella vanità della vita, e tutti cercano la libertà, e non possono trovarla in mezzo alla lotta incessante per il pane. E nella disperazione, infelici, resi malvagi dalla solitudine, iniziano a conciliare l'inconciliabile. E così gli uomini migliori annegano nel fango della gretta menzogna, dapprima non accorgendosi in buona fede dei propri tradimenti, poi tradendo con consapevolezza la propria fede, le proprie ricerche...»

Si alzò e spiegò le ali possenti.

«Anch'io me ne vado per la strada delle mie aspettative verso magnifiche opportunità...»

E, accompagnato dal canto lamentoso della campana, dai suoni morenti del rame, se ne volò a Occidente...

Quando raccontai questo sogno a un Americano, somigliante più di altri a un essere umano, dapprima rifletté, poi esclamò sorridendo:

«Ah, capisco! Il Diavolo era il rappresentante di una ditta di forni crematori! È senz'altro così! Tutto quello che diceva dimostra la necessità di bruciare i cadaveri... Ma, vedete, che splendido rappresentante! Per servire la sua ditta, appare anche in sogno alla gente...»

1906

liberilibri

Progetto grafico: Antonello Di Geronimo

Finito di stampare nel mese di gennaio 1998
presso la Litografica COM - Capodarco di Fermo

Oche del Campidoglio

1 Anthony Collins *Discorso sul libero pensiero*
2 Pietro Di Muccio *Orazione per la Repubblica*
3 Bertrand de Jouvenel *L'etica della redistribuzione*
4 Hilaire Belloc *Lo Stato servile*
5 Edmund Burke *Difesa della società naturale*
6 Daniel Defoe *Inno alla Gogna*
7 Dos Passos, Zirkle, Weaver, Morley, Schoeck, Friedman, Hayek, Ekirch Jr. *Saggi sull'individualità*
8 Frédéric Bastiat, Gustave de Molinari *Contro lo statalismo*
9 Daniel Soulez Larivière *Il circo mediatico-giudiziario*
10 Alexander Pope *Saggio sull'Uomo*
11 Voltaire *Facezie*
12 Walter Block *Difendere l'indifendibile*
13 Bruno Leoni *La libertà e la legge*
14 Albert Jay Nock *Il nostro Nemico, lo Stato*
15 Jeremy Bentham *Difesa dell'usura*
16 Murray N. Rothbard *L'etica della libertà*
17 Pascal Salin *La tirannia fiscale*
18 Carl Menger *Sul metodo delle scienze sociali*
19 David Friedman *L'ingranaggio della libertà*
20 Michael Novak *Questo emisfero di libertà*
21 Roberto Racinaro *La giustizia virtuosa*
22 Murray N. Rothbard *Per una nuova libertà*
23 Trenchard e Gordon *Cato's Letters*
24 Thomas Carlyle *Cartismo*
25 Michael Novak *Verso una teologia dell'impresa*

il Circo

1 Frank Wedekind *Il Cantante di camera*
2 Prosper Mérimée *La Carrozza del Santo Sacramento*
3 Carlo Ferrucci *Di libertà l'amore. La carrozza di Giacomo*

Gertrude Stein *Teneri Bottoni*
Henry James *I Giornali*
Henry James *Rose-Agathe e altre*
Herman Melville *Lettere a Hawthorne*
Maksim Gor'kij *La città del Diavolo Giallo*

LIBERILIBRI 62100 Macerata corso Cavour 33/A
telefono 0733.231989-232438 fax 231750